天卷文化传媒有限公司。本书版权受法律保护。未经权利人许可，任
任何方式使用本书包括正文、插图、封面、版式等任何部分内容，违
律制裁。

版编目（CIP）数据

醒 / 蔡澜著. —— 长沙：湖南文艺出版社，

5.7 重印）

78-7-5726-1586-3

人… Ⅱ.①蔡… Ⅲ.①散文集－中国－当代

家版本馆 CIP 数据核字（2024）第 017055 号

经典散文

QINGXING

蔡　澜
陈新文
张子霏
于向勇
王远哲
刘春晓　刘　盼
黄璐璐　时宇飞　邱　天
梁秋晨
鹿　食　谢　彬
湖南文艺出版社
（长沙市雨花区东二环一段 508 号　邮编：410014）
www.hnwy.net
河北鹏润印刷有限公司
新华书店
875 mm × 1230 mm　1/32
160 千字
8.5
2024 年 4 月第 1 版
2025 年 7 月第 3 次印刷
ISBN 978-7-5726-1586-3
48.00 元

题，请致电质量监督电话：010-59096394
010-59320018

人间清醒

蔡澜 作品

湖南文艺出版社

如果你了解人生，你也会不正经。

所谓快活，就是痛快地活着。

目录

人生哲学

学习怎样学习 / 002

怎样学习基础知识？ / 004

怎样面对烦恼？ / 006

怎样看待道德？ / 011

怎样面对时光流逝？ / 015

我的人生 / 020

看树的感悟 / 028

颂椿 / 032

怎样调整心态？ / 037

如何合理地放纵欲望？ / 039

怎样善用时间？ / 044

如何减压？ / 049

什么是年轻？ / 054

如何提升视觉观赏力？ / 059

如何合理地花钱？ / 061

如何解决"无聊"？ / 063

怎样看待任性？ / 065

如何面对逆境？ / 069

什么是乡愁？ / 074

如何处理身后物？ / 079

感情

如何谈恋爱？ / 082

对象变心怎么办？ / 084

爱人幸福还是被人爱幸福？ / 086

如何面对嫉妒情绪？ / 088

如何选择对象？ / 090

怎样面对孤独？ / 092

怎样面对恋爱？ / 094

如何面对自己的选择？ / 096

什么是欣赏？ / 098

怎样看待婚姻？ / 100

花钱

如何享受茶？/ 104

应该怎样旅行？/ 109

怎样享受听书的乐趣？/ 114

为什么要听有声书？/ 119

关于古董的知识 / 123

怎样享受按摩？/ 128

阅读电子书的乐趣 / 133

怎样鉴赏雪茄？/ 137

如何欣赏刀具？/ 142

如何欣赏手杖？/ 147

玩模型手枪的乐趣 / 152

坐飞机的乐趣 / 157

如何交到志趣相投的朋友？/ 162

抽雪茄的乐趣 / 167

没有茶具，如何享受茶？/ 172

手表的乐趣 / 177

再谈手杖 / 179

如何选择床？/ 184

抽烟的乐趣 / 189

如何选一副合适的眼镜？/ 194

如何学习古人享乐？/ 198

如何欣赏有声书？/ 202

穿着

仙人的织品 / 208

男生怎样挑毛衣？ / 213

男士刮胡子的乐趣 / 218

怎样将穿着变成一种乐趣？ / 223

关于男士衬衫的一些知识 / 228

男士穿西装的学问 / 237

关于男士裤子的冷知识 / 241

领带的基础知识 / 246

如何用合理的价格买到合适的西装？ / 251

男人如何选择香水？ / 255

关于衬衫的知识 / 260

人生哲学

人间清醒

学习怎样学习

我收了一个女弟子。朋友听了都纷纷发问:"教了她什么?"

"什么都没教。"我说。

"先教吃东西呀。"

"吃东西不必教,好坏是从比较中比出来的,只是请她吃饭罢了。"

"教旅行呀。"

"她是一个旅游杂志的记者,有大把机会让她出国做访问。这段时期就像我们年轻时背包旅行,所有没去过的地方都走走。"

"教书法呀。"

"书法要自己有了兴趣,才愿意学的。她正在忙,没有闲情。如果现在教,就像念小学时老师强迫你拿毛笔。我自己都讨厌,怎会叫她做这种事?"

"教赚钱呀!"友人叫了出来。

"年轻人,钱是最不重要的。等她年纪大一点,再慢慢教吧。"

"你什么都不教,怎么配当人家的老师?"

"教做人。"我说。

"做人有什么好教?"

"当然要学,现在你看看周围的,多数不像人,像畜生。"

"到底做什么才叫做人?"

"孝顺父母,尊敬长辈,爱护比你年轻的人,重情义,守时,守诺言。"

"那都是老掉牙的事,有谁不懂?"

"有谁做到?"我反问,"我常听到朋友说人生没有什么目的,这些事就是目的了。这些基本好像汪洋中的铁锚,牢牢钉在海里。只要做到一样或两样,就不会迷失方向。"

"用什么方法教?"

"我只会鼓励她发问,不主动出声。她问,我答。她听得懂多少,就多少。不勉强,像和朋友聊天一样。"

怎样学习基础知识？

"除了这些做人的基本，还有什么要学的吗？"弟子问。

"太多了，学不完。"我说。

"从什么东西学起，怎么着手？"

"从问开始，什么都问，学问就靠学和问。"

"有时候问得太过幼稚，是会给别人笑的。"

"不怕，笑就笑，幼稚比傻好。"

"您回答的，我并不一定听得懂。"

"有些东西，是要经过人生中的特定阶段才能懂得。但我还是照样回答，当然你听不懂。那也不要紧，能开窍时就开窍，不能就等。你是学文科还是理科？"

"文科。"

"我也只懂得文科的东西,我不是一个理性的人,要问我理科的,我还是举手投降。你喜欢旅行,先学地理吧。我问过我的侄女西班牙的伊维萨,她听都没听过,如果在国际社交圈中,就会失礼。所以重要的地名,要记得。"

"有什么好办法?"

"买一个地球仪。你每次读到或听到一个陌生的地名,就去转地球仪;更复杂的,上网查好了。"

"需不需要记得这个地方的历史?"

"记得最好。不过临急抱佛脚,去之前翻一翻,也是可行的。"

"还有呢?"

"一下子讲不完。读文科的人,要认识基本上的艺术,艺术包括文学、绘画、音乐等,每一样都要有点知识。看电影去吧!电影综合了所有的艺术,是最容易上手的。"

"好,我从电影问起。"弟子说,"为什么有些电影看不懂?"

怎样面对烦恼？

问：看你整天笑嘻嘻的，你到底有没有烦恼？

答：（干笑四声）哈哈哈哈。

问：那怎么没看到你写关于你的烦恼的文章？

答：我想我基本上是一个很喜欢娱乐别人的人，干了半辈子的电影，多少也是一种娱乐事业。喜欢娱乐别人的人，怎会把自己的烦恼告诉人家？

问：哭也是一种娱乐呀。

答：你去做好了。

问：我们年轻人怎么克服烦恼呢？

答：没得克服，只有与它共存。

问：怎么共存？

答：一切烦恼，总会过了的。我们小时候烦恼会不会被家长责骂。大了一点，担心老师追功课。思春期为失恋痛苦。出来做事怕被炒鱿鱼。但是，这一切不是都已经过了吗？一过，就觉得当时的烦恼很愚蠢，很可笑。我们活在一个刷卡的年代，为什么不透支快乐？既然知道一过就好笑，不如先笑个饱算数。

问：这不是阿Q精神吗？

答：什么叫阿Q精神，你还弄不懂，你想说的是逃避心理吧？逃避有什么不好？逃避如果可以解决困扰，尽管逃避，有些事，避一避，过后它们会自动解决。

问：说是容易，做起来难呀！

答：这我知道，但是说比不说好，想比不想好。

问：你难道没痛苦过吗？

答：痛苦分两种，精神上的和肉体上的。精神上的痛苦是想出来的。不想，痛苦就没了。肉体上的痛苦才是真正的痛苦。人家砍你一刀，你一定会痛苦。女朋友走了，你认为还有新的，就不痛苦。肉体上的痛苦，好解决呀！拼命吞必理痛[①]就是。别听人家说吃多了对身体有害。痛苦是不需要忍受的。把必理痛拿来当花生吃就是。

问：什么情形下才产生烦恼？

---

① 一种香港常见的止痛药。——如无特别说明，本书注释均为编者注

答：个人看得开的话，烦恼不会出现在自己身上，而是会出现在你周围的人的身上。喜欢的人，在不知不觉之中完全变成另一个人，而你自己又改变不了对方的想法，烦恼就产生了。

问：我们年轻人怎么解决？

答：没得解决。一就是离开这个人。二就是强忍。都是看你爱对方爱得有多深。其实，也都是自己想出来的。因为你两者都想要，或者两者都做不了，烦恼就来了。

问：宗教信仰能不能帮你解决？

答：那才是叫作逃避。

问：我们年轻人，分不开，也不懂。

答：你别整天把"我们年轻人"挂在口中，我们也年轻过。年轻时分不出什么是烦恼，什么是一定要活下去。年轻人享受体验烦恼的感觉，就像辛弃疾所说的"为赋新词强说愁"。大家都有过这个阶段，醒悟得早或醒悟得慢，要看一个人的悟性了。

问：活下去是那么重要吗？

答：有时，是一种无奈。

问：多愁善感，美不美？

答：不美，什么事都想到负面上去，这种人要避开。林黛玉也许很吸引年轻人，但这种女人闷死人，整天哀哀怨怨，烦都烦死了,送给我我也不要。

问:那是天生的呀!

答:我也承认这一点,所以愈来愈相信宿命论,遗传基因决定一切。物以类聚,让他们相处在一起,互相享受好了。我们不同的人,要避开。

问:避不了呢?

答:又要回到爱得有多深、忍与不忍的问题了。

问:(懊恼)说来说去,还不是没说。

答:有一种办法,叫作自得其乐。

问:怎么自得其乐?

答:做学问呀!

问:普通人,怎么要求他们去做学问?

答:我所说的学问,并不深。种花、养鸟、饲金鱼。简简单单的乐趣,都是学问。看你研究得深不深,热诚有多少。做到忘我的程度,一切烦恼就消失了。你已经躲进自己的世界,别人干扰不了你。

问:做买卖算不算学问?

答:学问可大着呢。研究名种马的出生也是学问。

问:我什么都不会,也没有兴趣,怎么办?

答:看漫画有兴趣吧?

问：有。

答：什么漫画都看好了。中国的连环图、日本的暴力书、英国式的幽默书。等你看遍了，你就是漫画专家，别说没有烦恼，还可以靠漫画赚钱呢。

问：我明白了，所以你又拍电影，又写作，又学书法和篆刻，又卖茶，又开餐厅，你的烦恼一定很多。

答：……

怎样看待道德？

问：你是不是一个很守道德的人？

答：哪个时候的道德？

问：你这句话是什么意思？

答：道德随着时间而改变，遵守旧道德观念，死定。

问：什么叫新？什么叫旧？

答：从前的女子，丈夫先走了，守寡是美德。现在的女人，老公死了，你看她孤苦伶仃，就叫她再去找一个，要是你活在旧时代，你是一个劝人败坏道德的人。

问：……

答：还有，从前的人，叫年轻人不可以"打飞机"，说什么一滴精一滴血，吓得他们脸都青掉，还以为自己是"打飞机"打出来的。现在的医生或八卦杂志都说手淫是正当的，不要打太多就是。

问：那么婚外情呢？

答：更是笑话了。在七八十年前，我祖父那一代，一见到人，才不问"你吃饱了没有？"，那么寒酸。那时候的人，一见面，就问："你有多少个姨太太？"什么？才一个？那才是更寒酸了。你如果遵守以前的道德，有四个老婆也行，你现在就是死定的。

问：社会风俗的败坏呢？

答：你一个人的力量，能改变整个社会吗？

问：至少要守回自己的本分呀。

答：说得对。管他人干什么？

问：离婚后的子女问题呢？

答：我们的社会，愈来愈像美国。在美国，一班同学之中，只有你一个父母不离婚的，才受歧视。

问：孝顺父母呢？

答：啊，你问到重点了。但是，这不是道德的问题，这是原则。供养你长大的人，你孝顺他们，是不是应该的？不必回答吧！

问：做人，是不是应该有原则的？

答：道德已经不可靠了。只有原则是个不变的目标，是的，做人应该有原则。

问：原则会不会因为时间而改变？

答：不会。

问：你算是一个很有原则的人吗？

答：我算是一个很有原则的人。

问：你有什么原则？

答：孝顺不在话下，我很守时。

问：别人不守时呢？

答：那是他的事。

问：约了人，你老等，不生气吗？

答：我不在乎等人，所以约会多数是约在办公室，像你这次访问迟到了，我可以做别的事。

问：（有点羞耻）如果约在咖啡室呢？

答：（注视对方）那要看等什么人了。美女的话，可以多等一会儿。

问：（更羞耻，转话题）对人好，是不是原则？

答：是的，先对人好。人家对你不好，就原谅他，但是，也要远离他。

问：遵守原则，会不会处处吃亏？

答：吃亏，也要看你怎么看吃亏。不当成吃亏，就不吃亏了。要放弃原则很容易。我父亲教我的一些原则，我都死守着，像对人要有礼貌，像借了东西要还，像别无缘无故骚扰人家，像……

问：你答应过的事，一定要做到吗？原则上，你是不是一个守信用的人？

答：我是。有时承诺过的事现在做不到，但是会一直挂在心上，等有机会，就完成它。

问：婚姻是不是一种承诺？

答：是的，所以我不赞成离婚。当年自己答应过，不应该后悔。除非，对方已经完全变了一个人。对于这个陌生人，你没有承诺过任何事。

问：你说过原则是不会变的！

答：原则没有变，是人在变。

问：你这么说，等于没有原则嘛。

答：曾经有位长者，做事因为对方变而自己变，我问他："你做人到底有没有原则？"

问：他怎么回答你？

答：他说："没有原则，是我的原则。"

怎样面对时光流逝？

问：你今年多少岁了？

答：六十多了。如果遇到车祸，报纸上的标题就是《六十老叟被车撞倒》。

问：你不避忌谈死亡的问题吗？

答：人生必经之道。避忌些什么？这是东方人的缺点，以为长寿是福，从不谈及死亡的问题，活得不快乐的话，长寿怎会是福分呢？

问：今后有什么计划？

答：小时候，老师鼓励我们，在一个年月的开始写些要做什么。大了，不做这些傻事。

问：你想你会活多久？

答：目前科学和医学昌明，我要是能够活到七十，不算要求过高吧？一定要我说出一个计划，就来个十年计划。十年过后，如果不是这里痛那里痛的话，那么再订一个十年计划也不迟。

问：你有没有想过这个十年计划中，你会做些什么？

答：想过。想了老半天，想不出一个头绪。还是随遇而安，过一天是一天吧。人的生命，是那么脆弱。从早死的亲戚和朋友那里，我们可以得到这种结论。计划归计划，现实生活中将会发生些什么，谁知道？

问：难道连一个月的也没有？

答：我最不喜欢有什么目的或者有什么使命。如果硬说需要什么指标，那么还是一句老话：希望活得一天比一天好。今天比昨天快乐，明天又要比今天充实。

问：什么叫充实？

答：多看书，多旅行，多观察别人是怎么活下去的，多学一点你想学的东西，就会感到充实。像我最近才学会用电脑上网，就有充实感。

问：物质上的享受重不重要？

答：回答你不重要，是骗你的，我的欲望还是很强。我的一个食评专栏名字叫《未能食素》，和吃不吃肉没有关系，那是代表我对物质放不下，我还不能达到无欲无求的层次。

问：有一天，没有了欲望，你会做什么？

答：做和尚呀！

问：你不是开玩笑吧？

答：一点也不是在说笑，认真的。那时候到来，我就去泰国清迈，我在那里买了一块地，在那里搭一间工作室，用木头刻刻佛像。懂得艺术的和尚多数是会受尊敬的。

问：做了和尚，还管受不受尊敬？

答：（脸红）你说得对。所以我说我六根未净嘛。

问：还是谈回死吧。

答：人生下来，自己是不能决定的。但是，我想，死最好能够自己掌握。小时候看过马克·吐温的小说《顽童流浪记》（指《汤姆·索亚历险记》），主人翁骗大家自己被淹死了，又偷偷回来看自己的葬礼，那多有趣！

问：你的葬礼是怎样的一个葬礼？

答：最好是像开大派对一样，载歌载舞，开香槟，不要任何哀愁，只有欢乐。

问：然后呢？

答：然后结束自己的生命呀！

问：可能吗？

答：高僧都知道自己什么时候死。像弘一法师，他最后写了"悲欣交集"四个字。我还没决定最后要写哪四个字，给我一点时间想想。

问：你觉不觉得老？

答：古人有个"丹青不知老将至"的句子，幸好我的头发虽然白了，但是还没掉光，所以也不感觉老。体力大大不如从前，倒是每天感觉到的，像酒量、性爱的次数等。思想上可是愈来愈年轻，觉得周围的人都比我稳重。我常开玩笑，说我和年轻人有代沟，我比他们年轻。

问：你吃得好、住得好，当然比很多人年轻啦。

答：我吃得好、住得好，是年轻时付出了勤劳的代价。我也有经济不稳定的岁月，我不是在说风凉话。我和年轻人有代沟，是我觉得他们对生活的态度不够积极。

问：还有什么想吃的东西？

答：很多。但是大部分我都吃过，我现在看到鲍参翅肚就怕，宁愿吃豆芽炒豆卜[①]。

问：有没有不敢吃的？

答：前几天去了东京，那家吉野家的牛丼[②]没有人敢食，我才不怕，照吃不误。疯牛症的潜伏期有十年，如果我有计划，那

---

① 一般指豆腐泡。
② 是一种丼物，丼物指一碗有碗盖的白饭，饭上铺着菜，如鱼虾等炸物的天丼，鸡蛋和鸡肉的叫亲子丼。

刚好到期。再过三年,我也不管艾不艾滋了,艾滋病的潜伏期是七年嘛。哈,老是人生一张自由自在的通行证。

问:真的不怕死?

答:人生充实了,对死亡的恐惧相对减少。我好像告诉过大家这么一个故事。有一次我乘长途飞机,旁边坐了一个鬼佬[①],彪形大汉,遇到了不稳气流,飞机颠震得厉害,鬼佬拼命抓紧把手,我若无其事照喝我的酒。气流过后,鬼佬看我看得不顺眼,问我:"你是不是死过?"我懒洋洋地举起食指摇了一摇,回答道:"不,我活过。"

---

① 粤语中指称外国人。

我的人生

问：你是一九四一年出生的，已六十多岁，做个回顾吧，有什么感想？

答：我一时说不出有什么感想，只觉得快。是的，人生过得太快了。

问：是怎样的一种快法？

答：所谓快活，就是痛快地活着，我三十岁时看了一部叫《2001太空漫游》的片子，屈指算算，唉，到了二〇〇一年，我已六十，会是怎么一个样子？现在想起来，那像昨天的事。照照镜子，我只能说一个"老"字。

问：心境还算年轻吧？

答：这句话，老的人常挂在嘴上。其实老了就是老了，没有什么心境年轻这一回事。相反，年轻人活得不快乐，样子看起来就很老，甚至比他们的实际年龄要老得多，我周围也常出现这一类人，像专家一样常指导我，我一直当他们是我爷爷。

问：你呢？你年轻时是什么样子的呢？

答：（笑）十五六岁时，我一直想快点老，留了小胡子。邵逸夫爵士生日，爸爸和我去祝寿。他看着我从小长大，向我说："我大你三十几岁，我还没有胡子，你怎么会有胡子？"

问：后来是不是变得很老成？

答：也不见得。至少这是人家告诉我的。朋友说我的样子长得比实际年龄还要年轻。十二三年前和倪匡兄、黄霑兄做《今夜不设防》时，我已经四十多岁，但看起来并不像。直到五六年前，我父亲去世时，我非常悲哀，才老得厉害，我相信一夜白头这种事。后来，我恢复了真正的样子，活到六十岁，就像六十岁的人，就是个普通老头。

问：请多说一点令尊去世的事，你当时哭了？

答：是的，我哭了，我一生之中除了小孩子不懂事时，很少哭过。女朋友离开时我没有哭。教我书法的冯康侯老师过世的时候，我哭了。接下来就是爸爸去世的时候，我想，我以后应该不会流泪了。

问：谈开心一点的事吧。

答：是的，谈开心一点的事吧。

问：你活了六十多年，有多少个女朋友？

答：我带旅行团时，有一次吃饭后大家聚在一起聊天，有位团友也问过我同样的问题。我回答说有五十个。

问：为什么有五十个？

答：我从十几岁开始懂事。你知道南洋的孩子是早熟的。刚好是五十个，一年一个，不算多吧？（笑）

问：谈到男女事，你为什么老是不正经？

答：如果你了解男女事，你也不会正经。

问：你到底学到了什么？

答：我学到尽量不要去伤害别人。年轻时不懂得这种感情，好奇心重，拼命去试，伤害了不少人。过后觉得自己也同时受了伤，所以可以避免时，就要避免。

问：对生、老、病、死的看法呢？

答：（笑）我常开黄霑兄的玩笑。他大我几个月，我说："生，你已经被生了下来，没什么好谈的。老，你已经老了。病，你的太太是医院院长的女儿，你病了有人照顾。至于死，你死定。人生有什么好大惊小怪的？"

问：说到人生，你也不正经。

答：如果你了解人生，你也会不正经。

问：既然死是必然的事，那你有没有想过这个问题？

答：当然，我们受传统教育的人，最不好的一点就是不肯正视这个问题。死亡是人生的一部分，接触愈多，愈看得透彻。我们可以去旅行，向外国人学习，墨西哥人穷困，死亡一直陪伴着他们，所以有死亡节日，像巴西人的嘉年华会，大放烟花，小孩子买做成骷髅形的糖来吃。他们和死亡为伍，习惯了，就不怕了。我们中国人总是不去谈它。太怕死了，不是好事。

问：既然你不介意这件事，那么，怎样的死法才算死得好？

答：死，要死得有尊严，就像老要老得有尊严一样。

问：先谈老得有尊严。

答：老，一定要老得干净，干干净净就有尊严。不管身上穿的是名牌，或者是在花园街买的衣服，都要是洁白、笔直的。头发，如果还剩下的话，要梳一梳。胡子，当然还有啦，留着也好，但是要修整，不然就刮光。中间路线，总给别人一个不干净的感觉，这也不是做给别人看，老了还管人家那么许多？自己感觉到干净，就有尊严，走路最好腰背直。不弯腰，人更有尊严。

问：谈一谈死得尊严吧！

答：好。

问：什么叫作死得有尊严？请举一个例子。

答：比方说，得了癌症，被病拖得不像人形，就是死得没尊严了。

问：那是没有办法改变的呀！

答：有。就是安乐死。

问：你赞成？

答：何止赞成？我简直认为有了安乐死，人类才可以真正称得上是文明进步的。现在荷兰已经通过安乐死法令，我们的社会不知道要等到何年何月。我不单赞成患了绝症后可以选择安乐死，我觉得活到某个年纪，还是不快乐的话，说走，就可以走。至少，有了这个信念，人活下去，会自信得多。

问：中国社会行不通，又想享受安乐死，怎么办？

答：最好是搬到荷兰去住。

问：但是没病的话，医生也不肯帮你的呀！

答：所以说要找一些知识分子、医生做朋友，请他们吃饭。你知道荷兰人是不会请来请去的，所以"AA制"在英语中说成"做荷兰人"，做成好朋友，请他们勉为其难，相信他们也是理解的。

问：比命运安排早走，不可惜吗？活下去总会有新希望的。

答：当你也活到六十多时，你会有自知之明的。

问：如果是发生在你身上的呢？

答：知道怎么走，比摸索更好。我已经活到六十多，没生过什么大病，（敲敲木鱼）算是很幸运的。命运安排，我还过得不错。我虽然付出过努力，但我认为还是这条命好的缘故。所以万一医生查出患了什么绝症的话，我与其相信医生的治疗，不如相信算命者为我计算出的将来。

问：你看过相吗？

答：人家要替我看的时候，我总是说："从前的事，我比你清楚；今后的事，我不想知道。"

问：现在呢？

答：到了六十多岁，还活得不错的话，不是命是什么？那时我就可以看相了，可以让占卜者指示一条路。如果对方说我像我爸爸一样，能活到九十，那么还有三十年，我就乖乖地听医生的话，做个所谓健康人。要是算命先生说我几年之后有个过不了的关，那么就尽量放纵。任何芥蒂都没有了，做一些先前没沉迷过的事，把生命燃烧，如果生命像蜡烛的话，要烧就烧两头，照得光亮一点。

问：你这么说，会不会教坏年轻人？

答：倪匡兄说过，好的孩子教不坏，坏的孩子教不好。而且，只因听了我一席话，就有那么大的影响的话，我可以去创造一个新宗教。

问：你不是创造了吃吃喝喝的宗教吗？

答：（笑）是的，吃吃喝喝是人生之中最实际的了。我说完从来没有后悔过，健康是次要的问题。

问：写作方面，你有没有想过退休？

答：这是我近来常想的问题。天天在报纸上写专栏，占去我人生不少时间，我宁愿拿这些时间去玩，去学习新东西。稿费虽然不错，但少了也活得下去，还想写的信念是答谢读者的支持。写得不好，没人看，报馆就炒你鱿鱼，很现实，很正常。我们天天写，读者天天看，已经建立了一种家庭关系。有一本杂志的编辑向我说，同样题材已经登了几年，换一种新的好不好。我说："不好。你和你爸爸也相处了几十年，你要换你爸爸吗？"结果他当然说不换了。（笑）

问：但是会不会真的不写了？

答：总会有一天停下来，一个作者，不写了就等于死了。也许有一天我会突然宣布自己死亡。省掉读者事后的哀悼。

问：你有没有写过遗嘱？

答：遗嘱有什么好写的？走了就走了。还关照些什么？葬礼风不风光？本人又看不到，有什么用呢？要写遗嘱的话，不如在活着的时候安排自己的葬礼。至少你可以看到谁是你的朋友，谁是你的敌人。葬礼最好变成一个大派对，尽量喝最好年份的香槟，吃最肥腻、最不健康的菜肴，宴会完毕后自己搞失踪，不再见人。

问：那你会躲到什么地方去？

答：我不知道说过多少次，我在清迈买了一块地，我在那里可以搭间工作室，找些木头，雕刻佛像。

问：你刻的佛像会是什么样子，真想看看。

答：像人多过像佛。谁看过佛？怎么刻得像？我的佛像，面孔雕刻得精细，显出安详的表情，身体、衣服可以刻得粗犷，加上缤纷的颜色。如果有佛的话，他有时也会穿得光鲜，我表现他们最开心的状态，我自己也开心，这是最重要的。

问：你已经把地点告诉了别人，朋友们还会找不到你吗？

答：找到的时候，已经不是死前的我了，那是另一个老和尚。

看树的感悟

学篆刻有一个好处,那就是能从一方小小的图章中看到宇宙。凡事仔细观察,总有无穷的乐趣。

我们每天到学校上课,出门买菜,或者上下班,如果觉得路途遥远,那么看路边的树木好了。你不注意的话,它们便不存在;认识了,你便会一棵棵叫出名字来。看它们开花落叶,目的地一下子就到达了。

在香港常见的树的种类虽然特别多,但归纳后不外几种,认出它们并非难事。

"树有什么好看的?"小朋友问。

首先,我们会感叹造物者的神奇。一棵大树,叶子至少有数十万片,你想想,它要吸收多少水分才能让这些儿女(叶子)得到营养。看叶子的凋落,悲哀吗?但到了翌年,树又充满绿叶,这不过是成长的一个过程。

欣赏树,我们可以从它的外表开始,一下子就发现每一棵树的形态都不同。接着是叶子,圆的、尖的,形状各异。再下去看花,美不胜收。树皮也好看,有的是光溜溜的,有的爆裂了。最后是它的根,有的牢牢地抱着大地,有的从树枝上垂了下来。

代表性的是榕树,香港的是中国红榕,又叫细叶榕,树干直而粗壮,枝上长出长长的气根,像长了长须的老人。榕树气根能长入泥土,并发展成另一棵榕树。新树又长气根,就那么代代相传下去。有时这些气根会把树干包围起来,像孩子抢父母的饮食,争取吸取泥土的滋养,这种竞争叫作绞杀现象。

阿弥陀佛。说到此,还不如联想一下,印度的榕树和香港的是不是同一个种类?释迦牟尼在树下,如何觉悟?

长得又高又直又粗的木棉,树干上有尖刺,防御动物攀爬,笔直无偏的树干挺腰而立,十分威武。但到了春天又有娇艳的一面,长出又红又大的五瓣花朵。在路旁拾起来看,花萼呈杯状,其中雄蕊无数,晒干了是中药。五月结果,果实呈长圆形,爆裂后飞出棉毛来,不喜欢的人为飘得满面而懊恼,爱上了就觉得像飘雪。木棉又叫英雄树,如果掉落的花朵粘到树干上,真的像中弹的烈士屹立不倒。

早春杜鹃怒放,香港被点缀得万紫千红。各区都长杜鹃,郊

029

外也有野生的，花柱似蝴蝶须，花冠呈漏斗状，非常高贵。叶片很厚，卵状披针形，先端渐尖，叶片及柄皆披毛，故也称毛叶杜鹃。从前的港督府中长得最茂盛，当今偶尔也允许大众进去观赏，等到开放日去走一回吧！不然在一些学校校园看到杜鹃时，问学生是什么花，愈是名校，愈回答不出。

香港野外植物稀疏，故引进了多类外地树，它们适应力强，生长迅速。其中之一是台湾相思。山脊上的防火林带也多是用的这个品种，远看有如一条绿色的带子，也被叫为"绿带"。春暖时分，台湾相思开出绒球小花，一片金黄，令人目眩。下完雨，在台湾相思下走过，会闻到一阵强烈的腥气。

还是白兰清新芬芳，在春末夏初开花，有时秋天也盛放，花开两季。花瓣狭窄尖长，可用铁线穿起来打个圈，挂在上衣的纽扣上，会有阵阵香味飘来。早年的女士们更将之别在髻上当头饰，当今人们最多买几朵放进LV（Louis Vuitton，*路易威登*）牌的皮包里。白兰可以长得有五六层楼高，开数万朵花。如果买房子买到路旁有一棵大白兰的，那才是真正的发达了。

看过台湾相思的黄，就要看凤凰木的红了。凤凰木最美丽的样子是其在初夏蝉鸣时的样子，起初树顶上只有几朵红花，后来一下子像燎原之火一样燃烧得通红，洋人称之为flame of the forest（*森林的火焰*）。它的叶子为羽状复叶，对称着长出，到了冬天，在北风中如雨飘落，另有一番凄美的感觉。

看果树的话，新界一带也有许多龙眼，银杏则少见。有趣的是南酸枣，它像橄榄，肉厚汁多，果核有四五个洞，也叫四眼田鸡。油甘子又叫余甘子，果实绿油油的，细嚼之后有余甘，故以此称之。最香、最好吃的莫过于本地的蒲桃了，三四月间看到地上落着一堆黄色的蕊丝，就知道旁边是蒲桃树了。五六月结果，果实像个柠檬，当中有颗小核，摇起来咕噜咕噜作响，果肉又香又甜。可惜现在的人怕这些果实中有虫子，不敢轻易尝试。

香港特别行政区区花是洋紫荆。其外表并不是特别漂亮，又带了一个洋字，名衰，不知是哪一个家伙选出来的，我们的区花应该选鱼木才对。鱼木又叫树头菜。香港政府的唯一好处，就是将各种树的树名写在一块小板上，钉在树干上，你下次经过仔细看看，就知道什么树叫鱼木了。六七月间，你不细看也认得出，树头上开满黄花，漫天花海，美不胜收。单单是太子道上就有几百棵鱼木，开起花来像游行的涌涌人头，和平坚强，质素奇高。

有时树让我想起一个人。丁雄泉先生常带我去看阿姆斯特丹河边的一棵大树，叶子上百万，垂至水面。有一天，丁先生和我都走了，树尚在，这是做人最简单的道理，争执来干什么？我想，对大树的尊敬，莫过于死后把骨灰埋葬树旁，与它共同取笑路过者人生之荒唐。

颂椿

山茶花，日本人称之为"椿"，日语发音为tsubaki。

这个"椿"字，汉字的解释不作植物，《庄子·逍遥游》中有记载："上古有大椿者，以八千岁为春。"

日本人见山茶花是春天开的第一种花，所以在木字旁加了一个"春"字，古名为海石榴，日语发音亦为tsubaki。但也有学者说是因为山茶花叶厚，取"厚"字的读音atsu、树叶ha的变音和"木"字的读音ki组合而成。

野生的山茶树能长到三十多英尺[①]高，其被接枝之后会矮小得多，像茶树一样，可俯身去采。开七至八瓣的花，最常见的是红色山茶树，日本人常以它当成篱笆用。

---

① 英美制长度单位。1英尺合0.3048米。

山茶名字带茶，但不能拿它的叶子冲泡，不过山茶树一身是宝，花供观赏，籽能榨油，枝干因木质硬，烧炭最佳，不会爆裂且耐久，也可以拿来制造厨房用具。制作头大、身又圆又长的日本木偶，用的就是山茶木。山茶木烧成灰后，可当染料，呈紫色。但这一切都有其他东西代用，山茶因此象征着不合时宜。

我们在香港也常看见山茶，一年四季都能开花，我们不太重视它，也许起个什么富贵名字才有销路吧？山茶花能在大雪中开，很耐寒，又能在南洋生长，不怕热。

家父最爱山茶花了。花园中种的好几株都是他亲自接种的。一株树上开了红、黄、白三种颜色和形态都不同的花。小时候以为他是把塑料花插上去骗我们这群孩子，我用手去摸，才知道花是真的。有时，看到老人家在欣赏山茶，他低着头，是在思念远方的故乡吧？

家父的兴趣，引起我的好奇。但是一闻山茶花，不香。花怎能不香？我偏爱有香味的花，一直在想，世上有没有香山茶花呢？忘记问爸爸了，他一定知道。

长大后，我看小仲马写的《茶花女》，其中有一段情节，说追求茶花女的众公子之中，有一个送了一团香花给她，茶花女大发脾气："我闻了花香会生病的！"

原来茶花女对花香特别敏感，所以她一向只拿一团山茶花，避免咳嗽，这更证实了山茶花是不香的。

与《茶花女》同期出版的小说还有《花的寓言》（*Flowers Fables*），作者奥尔科特笔下铁石心肠的威尼斯美女热爱参加舞会，她的丈夫抱怨她："你像一朵来自东方的山茶花，美丽但是不香。"她不理伯爵丈夫说些什么，继续去参加舞会。后来，伯爵死了，她才后悔："女人不能没有爱情而活下去，但是花不香也照样开放！"

山茶花真的不香吗？后来我才知道是错的。

专家研究，在一百种野生的山茶中，有七种是有香味的。山茶花之香，很接近梅花。东京附近的Oshima（大岛），以植山茶著名，岛上自古以来就种香山茶，它开红花，又开紫花，名叫"红紫"。红紫的香味又有点像杜鹃的，杜鹃也是一种被误解为不会香的花。后来新品种出现，也有香味，插花大师命名为"白吹雪"。美国植物学家也配出"粉红香"来，但一移植到国外，香味也不如在故乡那么浓了。

当今日本大量配种和接枝，培植出约一千种山茶，其中约有五十种是香的。

知道山茶能赚钱，美国也拼命研究新品种，研究出的花像牡丹、玫瑰、罂粟和蜡梅，每年有百多种新花，把名字和照片登在网上，标明价钱，待同好来买。

一般人都相信山茶花的原产地是日本，连"洋鬼子"也把山茶叫为 *Camellia japonica Linn.*，我去过内地寻找山茶。见过巨树，至少活了上千年，比日本的文字记载要早。漫山遍野的山茶，取其籽榨油的技术不变，用巨木压之，然后将山茶花籽煮熟，烟雾迷蒙，阳光射入，实在是一幅美丽的画面。劳动人民一边榨油，一边唱山歌，痛苦之中不忘欢乐，令人感动。

奇怪的是该村村民脸上都少皱纹，医院也少有心脏病记录。原来他们吃的、用的都是山茶花油。它是古代最珍贵的护发素，一般妇女只能用榨过油的山茶花籽渣来洗头。因沸点很高，不易生烟，山茶花油用来烧菜更是一流，比橄榄油更佳。

如果你对山茶也有兴趣的话，可以在山茶花期到横滨的"子供之国"公园，从大门走入，向中央广场往北走，就会闻到一阵阵的山茶花香了。

那里有六百种不同的山茶花，现在由资生堂赞助培养。这公司不断研究山茶花的香味，可能是它的商标上有两朵山茶花之故吧？

原来我父亲一早就玩山茶了，我现在才愈来愈佩服老人家的博学，他常挂在嘴边的是"把生活质素提高"，我也是一直提倡的。内地电台访问我的时候，女主持人说："蔡先生已是成功人士，有名有利，当然可以把生活质素提高，但是我们这些人呢？"

听到这种言论，我颇为反感。当年家父平凡人一个，但他有生活情趣，放工回家种种花，用得了几个钱呢？

如果在现实生活中不种花，那在心中也可以种呀！想想种花总可以吧？我怕有些人连想也不敢去想。

把山茶配种接枝，创造出香味耐久的花，我保证资生堂一定会找上门，大撒金钱来买你的新品种。

谁说玩物丧志？养志还可以发财呢！

怎样调整心态？

我从窗口望出，下面一片银海，看得清清楚楚，这个都市空气污染并不严重，政府鼓励人民用脚踏车，减少汽车的废气排放。

天刚亮，飞机降落在阿姆斯特丹机场。

行李多的话，可叫巨型的士，贵不了多少。一般的轿车的士，用的都是最新型的奔驰车，像是向骄傲的香港奔驰车主掴了一巴掌。

从机场到市中心旅馆，只消一二十分钟，车租不到一百港币，比从香港机场到赤鱲角近得多。

我下榻的希尔顿是家老酒店，几十年前约翰·列侬和小野洋子在这里拍了脱光衣服的床上照片，酒店从此名声大噪。

我住这间旅馆并非因我是披头士（The Beatles）迷，只是因为它离丁雄泉先生的画室，徒步只消十分钟。

我来得太早，房间还空不出，我又在酒店的意大利餐厅Roberto吃了个自助早饭，从昨晚到现在好像吃个不停。这次的旅行，可能增加数公斤体重。

我放下行李，出外散步，早上的空气是那么新鲜，这是我离开了亚洲每次都感受到的情形，我住的地方又热又潮湿，一到外地就会觉得特别干爽。人们的表情也没那么暴戾。

上午十点半，我致电丁先生，他表示随时欢迎我去。

我走出酒店，经过一条小桥，就看到那棵大树。它倒映在河中，变成两棵。

"你看，这棵树的树干有多粗！至少能支撑住一百万张叶子。"丁先生说过。

现在是十月，温度在十到十八摄氏度之间，虽说还是秋天，已觉初冬将至。大树的叶子有些剥脱，没上次看到的那么茂盛，有点垂垂老矣的姿态，但一到明年春天，又会活跃起来，人老树不老。欣赏树木，多属晚年事，若能从年轻开始，也许二者都能活得充实。

如何合理地放纵欲望?

"享受人生的快乐,由牺牲一点点健康开始。"约翰·休斯顿说。

这个人放纵地过活,但是八十多岁才死。所谓牺牲一点点的健康,并非一个致命的代价。

大家都知道自由的可贵,但是大家都用"健康"这两个字来束缚自己。

看到举重的大只佬(*彪形大汉*),的确健康,不过这个做运动的人总不能老做下去。年龄一大,自然缓慢下来。到时他那坚硬的肌肉开始松懈,人就会发胖。为了防止这些情形发生,他要不断地健身。试想,你看到一个七老八老的人全身还是一块块的肌肉,和看到隆胸的妇女有什么两样?

又有个朋友买了一栋有公共游泳池的公寓,天天游,结果患了风湿。

注重健康，说得难听一点，就是怕死。

烟不抽，酒不喝，什么大鱼大肉一听到就摇头。

好，谁能担保不会有个人二十多岁就患肺动脉高血压？哪个人够胆说自己绝对不会遇上空难、车祸、火灾、水灾和高空掷物？

想到这里，更是怕死。

那怎么办？唯有求神拜佛了。

迷信其实不用破除。信仰是种药，来保持人类思想的健康。

思想的健康比肉体的健康更加重要。

一个人如果多旅行、多阅读、多经验人生的一切，就不当死是怎么一回事了，这个人绝对在思想上是健康的。

思想健康的人一定长寿，你看那些画家、书法家、作曲家，长寿的比短命的多。

当然不单单是指做艺术工作的人，凡是思想健康的，不管他们出的是好主意还是坏主意，都死不了。你没有看到古代的那几个抽烟的长寿皇帝吗？

我总认为人类身体上有一个自动刹车器，有什么大毛病之前一定会先感到不舒服。如果你精神上健康，一不舒服就不干，便不会因为过度纵欲而病倒。

喝酒喝死的人，会是因为精神不正常。像古龙一样的人，明明知道再喝就完蛋了，还是要喝下去，也许是他认为自己是大侠，也可能是他活够了，觉得这个世界没有什么事是新鲜的了。

吃东西吃死的例子倒是不多。

什么胆固醇，从前哪里听过？我们还不是照样活下去。

也许有人会辩说那是因为几十年前社会还是困苦，人没有吃得那么好，所以不怕胆固醇过多。精神健康的人也不会和他们争执。你怕胆固醇，我不怕胆固醇就是了。近来已经有医学家研究出胆固醇也分好的胆固醇和坏的胆固醇。我们只要认为所有吃下去的东西都是好的胆固醇，不就好了？那些怕胆固醇的人，失去尝试好的胆固醇的享受，就是笨蛋。

略微对暴食暴饮有节制，不是因为不想放纵，而是太肥太胖毕竟是不美丽。

科学越发达，对人类的精神越是伤害，现在的医学报告已经达到污染的程度。

最近研究出喝牛奶对身体无益，打破了牛奶的神话。当然，我早就听说吃咸鱼会致癌，好，就不吃咸鱼。我又听到鸡蛋有太多的蛋白质，什么吃肉只能吃白肉而不吃红肉，等等。唉，大家不知道吃什么才好。

吃斋最有益，最安全，最健康了。吃斋，吃斋。

你以为这就行了？蔬菜上有农药，吃多了照样患癌！

医学家建议你生吃水果之前要将其洗得干干净净。心理上有毛病的人，把它们都洗烂了才够胆去吃。有些医生还离谱到叫你用洗洁精洗蔬菜和水果。可是体内积了洗洁精也患癌，那洗洁精用什么其他精才能洗得掉？

已经证明吃维生素过多对身体不好，头痛丸有些含了毒素，某种泻药吃了会大脖子，镇静剂、安眠药更是不用说了，人吃了它们和吃了鸦片、海洛因没有分别。

算了，吃中药最好，中药性温和，即使没有用也不会有害。人参、燕窝，比黄金更贵，大家拼命进补。但是有许多例子，是人因为补过头，病后死不了，当植物人当了好几年还不肯断气。

植物人最难判断的是他们到底还有没有思想。如果有的话，那么他们一定在想：早知道会这样，不如吃肥猪肉，吃到噎死算了。

肉体健康而思想不健康的人，就会想出禁这个禁那个的馊主意。这些人终究会失败，像美国禁酒失败一样。现在流行禁烟了。人类要有决定自己生死的自由，才是最高的法治，虽说二手烟能致命，但有多少例子可举？

制造戒律的人，都患上思想癌症，并且会越来越严重，致使"想做就做"的广告也要禁止放映，这是多么地可怕。

烟、酒和性，不单是肉体上的享受，也是精神上的享受。有了精神上的储蓄，做人才做得美满。

让你的身体上有百分百的健康吧，让你活到一百岁吧，让你安安稳稳地坐在摇椅上望向远处吧！但是你的脑袋一片空白，一点美好的回忆都没有，这不叫健康，这叫惩罚。

你快点把那本劳什子的*Fit for Life*丢进纸篓去！

怎样善用时间？

好玩的事物太多了。

抽象的东西也好玩，比如玩时间。

时间只是人类的一个观念，虽然定为一天二十四个小时，但像爱因斯坦所说，上课以及和女朋友聊天的时间长短是不同的。

玩时间玩得最好的人是香港人。

每一个香港人都忙，但是要抽时间的话，香港人最拿手。不管多忙，他们总会挤点时间出来做自己要做的事。香港人决定自己不忙，就不忙了。

尤其有了"九七"回归这个大前提，香港人的步伐已经是世界第一。我从前在东京，觉得日本人走路快，后来去了纽约，发现他们走得更快。

但在日本经济已发展到停顿的地步，人们一富有便懒了起来，东京人走路慢过香港。纽约更不用说了，早在二十世纪七十年代，经济衰退，步伐已经蹒跚。

有两份以上工作的香港人不少，外国游客跳上车，听到司机说早上做警察，晚间当的士司机，吓得一跳，几乎不相信自己的耳朵，但事实如此。

外国人不明白的是我们大多数没有社会保险、医疗费以及退休金制度，我们的税收虽然低，但一遇到任何事，都要自行解决，谁都不会来帮助你。

所以香港人要争取时间，多做点事，多些储蓄，以防万一。我们自己买自己的保险，自顾安危，包括赚了钱移民，先拿到居留权再回来做事，也是一种保险。

香港的失业率约为百分之二，那约百分之二的人，不是没事做，而是不想做罢了，这种社会现象我们不当一回事，但是如果你讲给外边朋友听，他们一定惊奇。

就算不是争取时间来做第二份工作，也要争取时间来休息，来玩，来享受。

实际上如何玩时间呢?

很简单，睡得少一点就是。

大家都说我们需要八个小时的睡眠。这都是医学界的理论而已，我本人长年来每天最多睡六个小时，也未见得长得像个痨病鬼。

每天赚两个小时，一个月就是六十个小时，等于多活了两天半，每年比人家多活三十天，多好！

除此之外，一个星期熬一两个通宵，也应该没有什么问题。当然，熬通宵也是有学问的，下午六点放工，七点吃完饭，然后先睡到半夜十二点，也有足够的五小时，由十二点做自己喜欢的事，做到天亮，也有六个小时。

这时候，看着窗外天色的变化，先是有点红色，红中带灰，又转为白。远山是紫颜色的，啊！我为什么从前没有注意过有紫色的山？

清晨的空气是寒冷的，但是舒服到极点，意想不到的清新，呼唤着你出门。

穿上衣服去散步，到公园去练太极剑，或者就拿一本书坐在树下看，都是乐趣。

话说回来，这种乐趣需要出来做事后才懂得享受，当学生时被迫一早起床上课，一点也不好玩。

到街市去买菜，在金鱼街看打架鱼，去雀仔街买鸟，买活蟋蟀给鸟吃，这太残忍了，还是买花去吧。

早晨的世界，是另外一个世界。

由寂静中听到车辆行动的声音，偶尔来些鸟啼，有时还能听到公鸡在叫哩。

生活在早晨世界的又是另一种人类，他们面孔安详，余裕令他们的表情无忧无虑，他们是健康的、活泼的。

相反地，深夜的世界又是另一个世界。大家是那么颓废、靡靡，但又能看出他们享受过的满足感。

这两种人，都是过着单调、刻板的生活的，对所谓"正常"生活的人是感到陌生的。

早起、迟睡、赶通宵一多了，人就容易疲倦，这也是必然的，克服的办法是"猫睡"，像猫一样随时随地打瞌睡。

只要你睡眠不足，便会锻炼出这种猫睡的身体功能。尽管利用时间睡觉，一上车就闭上眼睛，像把插苏（插头）由电源里拔掉，昏昏大睡，目的地到达，即刻会自动地醒来，又像把插苏插回去，活生生，眼也不肿。

中午吃完饭，也能坐在椅子上入睡，算好开工时间，有半小时就半小时，五分钟也不拘。

会玩时间的人不懂得同情失眠的人！失眠就失眠，不能睡就让他不睡。看你不睡个三四天，会不会自然闭上眼睛。长期下来，学会猫睡也说不定。

不花时间在睡觉的人多数是健康的，他们已经把睡眠当成一种福分，一种享受，哪里还有精神去做噩梦？镇静剂、安眠药、大蒜、酒精等，一点用处也没有。

消夜是最大的敌人，尽量避免，否则多想熬夜也熬不住。一定要吃的话，就喝点汤吧。随时把汤料扔进一个慢热煲，准备一碗广东汤，享之不尽。

咖啡可免则免，咖啡只能产生胃酸，不能提神。说到提神，茶最好，洋茶、中茶、香片、龙井等什么茶都不要紧，但首选还是普洱，喝再多也不伤胃。

早餐倒是重要的，懂得玩时间的人总能抽空为自己准备一顿丰富的早餐。再不然，找不同东西吃也是乐趣。今天吃粥，明朝吃面，吃点心，吃街边的猪肠粉，卖豆浆、油条的店铺，用心找一定找得到，再来一笼小笼包或再来碗油豆腐粉丝汤，总之要吃得饱，吃得饱才有体力。早晨吃饱和消夜相反，只会更精神，不会打瞌睡。

玩时间玩成专家，可以做的事太多了，说不定其中有几样是生财之道。

如何减压?

如何减少压力,简称"减压"。

压力的敌对头,是好玩,什么东西都把它变成好玩,压力自然减少。

你会说:"说得容易,做起来难。"

这话也对,但是如果不做,永远没有改变。我不知道说过多少次:做,成功的概率是百分之五十;不做,则等于零。

比方说,看到一个漂亮的女人,你和她谈话,她可能不理睬你,百分之五十的概率会失败;或者她应了你一句,成功概率也是百分之五十。眼巴巴地看她走过,一句话也不敢讲,那她永远只是走过,你咒骂自己三千回也没用。好,你开始做吧。

从何做起呢?

我们一生之中,经过无数的风波,起起伏伏,但现在还不是好好地活着吗？昨日的压力已是今天的笑话了。

举例来说，我们担忧暑假家庭作业没有做好，死了，死了，一定会被老师骂死。好，被骂了几句，没有死。

我们担忧考试不合格，死了，死了。一定会被家长骂死。好，被骂了几句，也没死。

初恋时，非对方不娶或不嫁，但有多少个人成功了呢？爱得要死要活，失败之后，现在还不是好生生地活着吗？现在想起来不是好笑吗？

你初到社会做事，一时疏忽，做错了。死了，死了，一定会被炒鱿鱼。忽然，柳暗花明又一村，上司根本忘记有这么一回事，或者轻轻讲了几句就算了，当时的压力不是多余的吗？

那么多的风浪都熬过来了。目前谈起来，还摇摇头，说一句："当时真傻。"

好了，既然知道当时傻，那为什么不现在学着精一点？目前所受压力，也一定会过的。"人，只要生存下去，压力总会过的。"你也开始明白地向自己说：压力过了就变成好笑。

好，等以后再笑，不如马上笑。

想那么多干什么？忘了它吧。

不过，一般人还没学到家。说忘，哪那么容易？回头一转，那恐怖的压力又来干扰你。

我们最好能够把一切烦恼事,用幻想的手把它们搓成一团,扔进一个保险箱里面去。锁一锁,再把锁匙丢到海里,看着它们沉下去。

但是,但是,压力又回来了。

今早被人家扒钱包,扒掉三千港币,拼命想忘,但一下子那不愉快的感觉又回来了。昨夜被爱人遗弃,拼命想忘,但那痛苦还是环绕着你。

过,一定会过,你开始那么想,你开始去做,成功的概率是百分之五十。

佛家所说:"境由心生。"一切,都是你想出来的。你想好,就好;想坏,就坏。不相信吗,我再举一个例子。

八号风球台风来了,一个人在街上走,忽然间天上掉下一块瓦片,打中前额,流血了。

"啊!我为什么那么惨?为什么这块瓦片不掉在别人头上,偏偏是打中了我?啊,我真倒霉!"这是一种想法。

八号风球台风来了,同一个人在街上走,忽然间天上掉下同一块瓦片,同样打中了前额,同样流血了。

"啊!我真幸运!要是这块瓦片略微偏差,打中了脑中央,我不是死定了吗?啊!我真幸福!"这也是一种想法。

要选哪一种,不必我告诉你,你也应该知道。

这是阿Q精神！你说："这是自己骗自己。"

阿Q精神有什么不好？阿Q精神万岁！往好处想，人生观会变豁达，别被鲁迅骗去。鲁迅满肚子牢骚，别听他的，听了之后就会变得和他一样愤世嫉俗，钻牛角尖去了。

生老病死，为必经过程。既然知道有这么四件事，还不快点去玩？

玩，不需要有什么条件。看蚂蚁搬家也可以看个老半天，养条便宜的金鱼，种盆不值钱的花，都可以玩个够。

虽说生命是脆弱的，但一个长者曾经告诉我，他被日本人关在牢里，整整八天，不给饭吃，不给水喝，也没死掉。看看你周围，活到七八十岁的人已渐多，要是你是例外，那也就认命吧。自己是少数分子之一。不如这么去想：要有我们这种人，大多数的别人才会活老一点。

为赋新词强说愁，那是年轻人的愚蠢，我们哪会有那么多空闲去记愁，还是记点开心的吧。

为了避免成为不幸的少数，珍惜每一刻应得的享受，把人生充分地活足了它。有了万一，也已归本。

压力来自别人管你。有人管，我们做错了事，便有压力。所以必须力争上游，尽量减少管你的人。我从小被家长管、被老师管，长大后被上司管，那就要拼命地出人头地，把上司一个个消灭，压力自然而然会减少。不过做人也真难，等到没有上司，我回到家里还是有个老婆来管。管管管，管是女人的天性，我们既然知道她们一定要管，就不如多弄几个来管。等到我们被管惯了，麻木了，就等于没人来管啰。

什么是年轻?

每一个人只能年轻一次,大家都歌颂青春无价:青春小鸟一样不回来!啦啦啦啦!啊!千万别浪费它!

但是每一个人也只能中年一次,老一次。人生每一个阶段都珍贵,何必妄自菲薄呢?

遇到老者都像遇到麻风病人一般逃避的年轻人。哈哈,不必去骂他,终有报应的一天,他们自己总会变成麻风病人的。

老实说,我并不喜欢年轻时的我,我觉得我当年不够充实,鉴赏力不足,自大无知,缺点数之不尽。我看以前的照片,只对自己高瘦的身材,还有剩下的那点愤世嫉俗的忧郁有点怀念。

不,不,我忘了,年轻尚有一个好处,那就是用不完的精力。我年轻时一天来个七八次很正常,大战三百回合之后,面不改色。但是"乒乒乓乓"之后，一下子就卸甲。相同年纪的对方会无所谓，比我大的就会觉得这样很没瘾了。不过她们也许要的只是次数也说不定。

现在，我认为这个过程如吃西餐，有冷热头盘、汤、主菜、沙律（沙拉）、甜品、饭前酒、餐中酒、事后的白兰地等，比较起来，年轻时只是吃一个麦当劳的汉堡包，可怜得很。

衣着方面，当年的色调只肯采取白、灰和蓝、黑，除此之外，一切免谈。不知何时开始，我对鲜红有了认识，同时也知道了丝绸贴身的感觉，但更爱麻和绵对肌肤的摩擦感。穿牛仔裤的人，岂能了解？

年纪大了，如果能穿一整套棕色西装，衬着同颜色跑车，在繁华的大道中下车散步，背后有夕阳，那当然最好。要不然，只要穿得干干净净，整整齐齐，也比衣着随便的年轻人好看。

不过，现实问题是有一些钱是更好的。

年轻女子崇拜上年纪的男人有几点原因。

因为他们有父亲的形态，和一些钱。

因为他们是一个有经验的爱人，和一些钱。

因为他们不会要求你和他有一大群儿女，和一些钱。

因为他们办事有极大的威信，和一些钱。

因为他们有生活的情趣，和一些钱。

因为他们懂得艺术，和一些钱。

青年男子，即使有钱，亦无上述的条件，所以只能找找小明星，当不上什么贵公子。

从前，我年轻的时候，一桌子十二个人，我一坐下来，我最小，但是现在同样一桌子十二个人，我坐下来，我最大。从前和现在，不过像是昨日和今日，时间快得很，也没什么大不了的。不过很奇怪，当我是最年轻的时候，我已经想到有一天我是最老的，我好像一早便有了心理准备，所以一点也不感到惊奇。

我在三十岁那年已经戴老花眼镜了。当时看书一直感到吃力，我到东京公干，朋友介绍我去找一个最出名的眼医，他检查了一下，就断定我是远视，给我开了一张账单，上面的价格是个天文数字。我抗议。那个眼医笑笑，说："这叫作聪明老花呀！"

结果我舒舒服服地付钱，走出来。

我在这个故事中又悟出一个哲理：老，也得老得聪明一点；老，就老得快乐一点，被骗也是不要紧的。

每一个人对快乐的定义都不同。有些人只要半个老婆就满足，但是要很多钱；有些人三餐吃公仔面（方便面）就够，但是要很多钱；有些人只要去去卡拉OK就够，但是要很多钱。

刚才说过，有一些钱是更好，不过有钱后要懂得怎么去花才是快乐，不然只是银行簿上多一个零和少一个零的问题了吧。

年轻人多数不懂得花钱，因为他们连经济基础也没打稳。上年纪的人也多数不舍得花钱，因为他们怕病了、怕更老的时候，钱不够花。

花钱是中年人、老年人第一个要学的课程，我们可以先从送东西开始学。

送礼物的快乐不单是得到礼物的人独有，送东西时的快感，不单是用金钱衡量，还要花心思，要时间算得准，要送得狠。

送礼物的最高的境界不在于送一些东西，而在于送一个让人毕生忘不了的经验，就算这个经验是一年、一天或几个小时就能得到的。

年轻人最多只是送送花和巧克力，那是最低的手段。偶尔，他们也能送一个身家，爱上一个坏女人，什么都奉献。年纪大一点，当然不会做火山孝子[①]。

最佳的礼物是承诺。有经验的人骗起人来会令对方很舒服，那么骗骗人有什么不好？

[①] 指经常流连烟花场所，捧风月女子及销金的人。

骗人的技巧在于很诚恳的态度,年轻人做不到,因为他们会脸红。人上了年纪,脸皮变厚是件当然的事,因为他们失败得多了。到后来连自己也骗了,他们把年轻时的种种不愉快经历变为美好的、变为事实,等同于他们的人生经验了。最后,他们还能把这些经验写成文字来骗骗读者。读者高兴,他们赚稿费,何乐不为?

年轻人说:"你们老了。"

不,不,不,不,我们不会变得更老,我们只会变得更好。

如何提升视觉观赏力？

柜台上摆着的观音，是虞公窑曾氏兄弟的作品，头部和发饰精工细凿，衣服折痕则以朽木抽象表现。写实和写意，升华至另一境界，让人看得舒服无比。

观音身旁再放一只猫头鹰，它是用阿寒湖畔的木头雕刻的。作者是位寂寂无闻的日本艺术家。鹰身肥大，头是另一块木头配上的，可以旋转，造型可爱。

每次买到悦目的东西，都放在观音像前供养。鲜花无间，有时是蝴蝶兰，有时是牡丹，让花在菩萨身前怒放。

更常放置发香的植物，有姜花和白兰，我也会献上茉莉一盆，追悼黄霑。

并不只有花，蔬菜也行。油菜当造①，买了一斤，去掉多余的叶子，采其花与心，插在钉座上，再浸于水，不逊于寻常的花朵。

只插八两韭菜花也很漂亮，观音慈悲，也不会当韭为腥。

一串串红的西红柿，来自意大利，日晒干了，亦是好食材。又黄又绿的灯笼椒，比任何人工艺术品都好看，菩萨看了一定喜欢。

我把那只猫头鹰的视线转过来。它表情调皮，但在菩萨面前不敢撒野，乖乖地看着。有时摆一个佛手瓜，像老和尚合十。猫头鹰一定在想：好不好吃?

前几天到大阪，我在黑门市场里买了两个肥胖的白萝卜，有柚子般大。头上长着切去叶的茎，像冲冠的怒发。不管多重，也拾了回来供养。茎部过一些时候会枯萎，我每天看着它长出又细又长的幼叶——生命力真强。

果实更是最佳的摆设，友人送了我一粒巨大的柿子，一口吃掉了太短暂，便摆在观音像下面，看了很长的时间。

眼食到底比口吃为佳。

---

① "当造"在粤语中的意思是"合时令"。油菜当造，就是到了吃油菜的时候。

如何合理地花钱？

什么叫幸福？

出入不必用保镖，自由自在，在大排档跍（蹲）下来就吃，没有谁管你，才是幸福。

当今的富豪怕被绑架，都要雇用保镖。有什么好人选？当然是啹喀①兵了。英国人一走，把他们抛弃，他们当然不能眼睁睁地饿死，既然已受过训练，当保安是他们的唯一出路。

啹喀兵的确可靠，老一辈的在马来西亚森林追马共，不眠不休。对方至少要停下来吃饭，但啹喀兵一边行军，一边啃面包，最后对方还是要被他们找到。

我曾经有一个构想，拍一部啹喀兵的电影，一个不想再杀人

---

① 即廓尔喀，尼泊尔部族，以盛产雇佣兵闻名。

的小卒，被他的同僚追杀。怎么打，怎么设下陷阱，怎么反击，等等，都是好材料。

时下的啹喀兵，有没有他们前辈那么英勇，我不知道。但他们一穿上西装，打上领带，已失去一半威风。

他们应该不在乎这些，让身边的人穿得好一点，能花多少钱？不着西装，穿设计家的制服，像德国军官那种，歹徒看了也不寒而栗。

很久之前，我在大机构做事的时候，也见过港督的保镖，长得像公子哥，斯斯文文，一身阿玛尼西装。天气一热，在休息时脱下西装，露出腋下的枪套，原来还是丝绸做的。不知道有没有服装津贴，但长得那么英俊潇洒，就算贪点小污也不令人讨厌。

如果我有一天也成为富豪（那是永远不可能发生的事），我也会请保镖。

有权有势，万事皆通嘛。

这时请几个身高六英尺，有模特般身材的美女特警，出门时一面左拥右抱，一面受温柔的保护，这才是有钱且懂得花钱。

如何解决"无聊"？

无聊吗？找事情做呀！

烧个菜，把碗碟和厨具洗擦干净，一个下午很容易度过。

我在外国生活时，寂寞难耐的时刻总会来到，与其躺在沙发上呻吟，不如种种花。

什么？斗室一间。哪儿来的花园？

我常把用完的红茶铁罐收起来，弄点泥土，就开始在房间内种花了。也不一定是花，蔬菜也可以，随手拿来的是蒜头。

很久之前，我在巴塞罗那住了一年。那边的人吃面包的习惯和其他欧洲国家不同，他们喜欢把面包烤得略焦，在坚硬的表皮上，拿一瓣大蒜用力磨，磨完大蒜又磨西红柿，撒上点盐，就那么吃，没有餸菜（**方言，下饭的菜**），也不在乎。

我吃完面包，就把剩下的几瓣大蒜放进裤袋中，拿回酒店。

找根钉子，在四方形的红茶罐底钻几个洞，再用茶碟盛着。这么一来，过量的水可以漏出来，不会把蒜根浸霉掉。

将蒜瓣的圆底朝下，尖头向上，塞进罐中。整瓣埋住，直到看不见尖头为止。

水不必浇太多，一个星期一次已经足够，过几天蒜瓣就长出芽来，这时候可以用熨衣服的喷水器把蒜苗喷湿，每天喷喷也是乐趣。

看看这个小生命一天天起变化，很过瘾。有铁罐即刻收起，这儿种一罐，那儿种一罐，餐桌上忽然多了七八根蒜苗。

半夜肚子饿，不成眠。起身泡一碗公仔面，除了那包味精粉，什么配菜都没有。这时只有牺牲其中一根蒜苗，用随身携带的有法国木柄的Opinel（欧皮耐尔）的小刀切开，一根只能切十段左右，珍惜地用来下面，较鲍参翅肚佳。

忽然，有一天，竟有一个球状的花苞长成，爆裂后开出几十朵小花，紫颜色的，美得不得了。收拾房间的西班牙姑娘在我不在时，贴上一张字条，写着bravo（好），以表赞赏。

怎样看待任性？

我从小，就是任性，就是不听话。我家中挂着一幅刘海粟的《六牛图》，图中有两只大牛带着四只小的。爸爸对我说："那两只老牛是我和你们的妈妈，带着的四只小的之中，那只看不到头，只见屁股的，就是你了。"

现在想起，家父语气中带着担忧，他心中约略想着：这孩子那么不合群，以后的命运不知何去何从。

感谢老天爷，我也一生得周围的人照顾，活至今，垂垂老矣，也无风无浪，这应该拜赐双亲，他们一直对别人好，得到了好报。

我喜欢电影，有一部电影名叫 *From Here to Eternity*，国内译名为《乱世忠魂》，男女主角在海滩上接吻的戏早已忘记，我记得的是配角马乔因为不听命令被关牢里，被满脸横肉的狱长用警棍打的戏。如果我被抓去当兵，又不听话，那么一定会被这种人物打死。好在到了当兵年纪时，我被邵逸夫先生的哥哥邵仁枚先生保了出来，不然我一定没命。

我读了多所学校，也从不听话。好在我母亲是校长，和每一所学校的校长都熟悉，我才能一所接一所地读下去，但始终也没毕业过。

我任性也不是完全没有理由的，只是不服。不服的是为什么数学不及格就不能升班？我就是偏偏不喜欢这一门东西，学些几何、代数来干什么？那时候我已知道有一天一定发明一个工具，一算就能计出，后来果然有了计算器，也证实我没错。

我的文科样样有优秀的成绩，我的英文更是一流，但数学阻止了升级。我不喜欢数学还有一个理由，那是教数学的是一个肥胖的八婆，面孔讨厌，语言枯燥，这种人怎么当得了老师？

不只讨厌数学，相关的理科我也都不喜欢。生物学中，把一只青蛙活生生地劏（宰杀）了，用图画钉把其皮拉开，我也极不以为然，就逃学去看电影。但要交的作业中，老师命令学生把变形虫细胞绘成画，就没有一个同学比得上我，我的作品精致仔细，又有立体感，可以拿去挂在墙壁上。

教解剖学的老师又是一个肥胖的八婆（这也许是影响我长大后对肥胖女人没有好感的原因之一），她诸多难为我们，又留堂，又罚站，又打藤，已到不能容忍的地步，是时候反抗了。

我领几个调皮捣蛋的同学，把一只要制成标本的死狗的肚皮剖开，再到食堂去炒了一碟意粉，拌了大量的西红柿酱，弄得意粉鲜红，再用塑料袋装起来，塞入狗的肚中。

上课时，我们将狗搬到教室，等那八婆来到，忽然冲前，掰开肚皮，双手插入塑料袋，取出意粉，在老师面前"血淋淋"地大吞特吞，吓得那个八婆差点昏倒，尖叫着跑去拉校长来看，那时我们已把意粉弄得干干净净，一点痕迹也没有。

校长找不到证据，我们又瞪大了眼装作无辜（有点可爱），更碍着和家母的友情，就把我放了。之后那八婆有没有神经衰弱，倒是不必理会。

任性的性格，影响了我一生，做喜欢的事可以令我不休不眠。接触书法时，我的宣纸是一刀刀地买，一刀刀地练字。所谓一刀，就是一百张宣纸。来收垃圾的人，有的也欣赏，就拿去熨平，收藏起来。

任性地创作，也任性地喝酒，年轻嘛，喝多少都不醉，我的酒是一箱箱地买，一箱二十四瓶，我的日本清酒一瓶一点八升，一瓶瓶地灌。来收瓶子的工人，不停地问："你是不是每晚都开派对？"

任性，就是不听话；任性，就是不合群；任性，就是跳出框框去思考。

我到现在还在任性地活着。最近开的越南河粉店开始卖和牛，一般的店家因为和牛价贵，只放三四片，我不管，吩咐店里的人把和牛铺满汤面，顾客一看到，"哇"的一声叫出来，我求的也就是这"哇"的一声，结果面虽价贵，也有很多客人点了。

任性让我把我卖的蛋卷下了葱，下了蒜。为什么传统的甜蛋卷不能有咸味呢？这么多人喜欢吃葱，喜欢吃蒜，为什么不能大量地加呢？结果我的商品之中，葱蒜味的又甜又咸的蛋卷卖得最好。

一向喜欢吃的葱油饼，店里卖的，葱一定很少。这么便宜的食材，为什么要节省呢？客人爱吃什么，就应该给他们吃个过瘾，如果我开一家葱油饼专卖店，一定会下大量的葱，包得胖胖的，像个婴儿一样。

最近常与年轻人对话，我是叫他们跳出框框去想，别按照常规。常规是一生最闷的事，做多了，连人也沉闷起来。

任性而活，是人生最过瘾的事。不过千万要记住的事，是别老是想而不去做。

做了，才对得起任性这两个字。

如何面对逆境？

疫情这段时间，我闷在家里，日子一天天白白度过，虽然没有染病，也快被疫情玩死。不行！不行！不行！总得找些事来做，找些事来作乐，与其被疫情玩，不如玩疫情。

饮食最实在，一般做菜技巧都能掌握，但从来没做过雪糕和我最爱吃的冰激凌，也就做了，时间还剩下很多，再下来玩什么呢？

玩绘画

天气渐热，扇子将派上用场，不如画扇面吧，一方面用来送朋友，大家喜欢；一方面还可以拿出去卖，何乐不为？

书至此，还找到一些工具，那是一块木板，上面有透明塑料片，可以把扇面铺平，然后上螺丝，把扇面夹住，就可以在上面写字和画画了。

好在我还跟过冯康侯老师学写字。老人家说:"会写字有很多好处,至少题自己的名字也像样,不然画得再怎么好,一遇到题字,就露出马脚。"

我现在已会写字,再回头学画,可以说是按部就班。向谁学画呢?当今宅于屋,唯有自学,有什么好过从《芥子园画传》中取经呢?

我小时看这本画谱,觉得山不像山,石不像石,毫无兴趣。当今重读,才知道李渔写序的这本画谱大有学问,这是绘中国画的基本范本,利用它去学习用笔、写形、构图等技法,从这条途径去体会古人山水画的精神。

也不必全照书中样板死描和抄袭,有了基本,再进行写生,用自己的理想和笔法去表现,就事半功倍了。

书法和绘画,都要经过一番苦功,也就是死记了,死记诗词,自然懂得押韵,死记《芥子园画传》,慢慢地,画山像一点山,画水像一点水,山水画自然学得有一丁丁模样。

成为大师,需穷一生的本领,但只要娱乐自己,画个猫样也会哈哈大笑。

我喜欢的是树,书上各种树的画法都仔细介绍,按此抄袭,画一棵大树,再在树下画一个小人,树就显得更大了。

小人有各种姿态，像"高云共片心"，是抱石而坐；像"卧观《山海经》"，是躺在石上看书；像"展席俯长流"，是倚在石上看水；像"云卧衣裳冷"，是睡在石上看云。寥寥数笔，人物随着情景活了起来，都是乐趣无穷的。

玩工厂

这段日子，最好玩的是手工作业。

香港人手工精巧，穷的时代就开始创办人造胶花工业、纺纱工业等。逐渐地，我们依靠了大量机器生产的，我们的小工厂搬到其他地方去，这都是因为地皮贵，迫不得已。

但是我们有手工精细的优良传统。工厂搬到别处之后，空置地多了，租金相对变得便宜，这令我想到，不如开一间工厂来玩玩。

二十多年前，我开始在香港创办手作"暴暴饭焦""暴暴咸鱼酱"等产品，甚受欢迎，后来厂租越来越贵，唯有搬到内地去做。

咸鱼在内地很难找到高级的原料，虽然能继续生产，但是我自己觉得不满意，一直想改进。

疫情之下，工厂的租金降低，这让我有了复活这门工艺的念头。我想了又想，要是不实行的话，我的念头再好也没有用。

一，二，三，就再始了。

找到理想的厂房，又遇上理想相同的同事，我们由一点一滴，开始设立小型工厂。

先到上环的咸鱼街，不惜工本地寻觅最高级的原材料，咸鱼这种东西像西方的奶酪，牛奶不行，怎么做也做不出好的芝士来。我们用的是马友鱼，这种鱼又香又肥，最适合腌咸鱼，我们坚信不用最好的是不行的。

马友鱼虽然骨少肉多，但一般咸鱼拆下来，最多也只剩下六成的肉，用它来制造咸鱼酱，不必蒸也不必煎，开罐即食，非常方便，淋在白饭上，或者用来蒸豆腐，或者配合味淡食材，都可以做成一道美味的餸菜，对于生活在海外的游子，更可医治思乡病。

配合以往的经验，从头开始。在最卫生的环境下，不加防腐剂，人手做成最贵、最美味的酱料来。

工厂一切按照政府的卫生规定成立，这么一来，才能通过检查，也可以获得相关认证，销售到内地去，这一切都经过重重的努力。

产品当今已做好，我很骄傲地在玻璃罐上贴了"香港制造"的标签。

现在已逐渐小量地推出，因为原料费高，不能卖得太贵，我不想被超市抽去百分之四十的红利,所以目前只能在网上卖。今后要是找到理想的条件,我再到各个点去零售,总之,这是一件很好玩的事。

我不会被疫情玩倒,我将玩倒它。

什么是乡愁？

这次活动的主持人是位颇有抱负和理想的年轻人，他的英语流利，和我交谈得十分畅快。

"我还以为你会约我在什么高档餐厅，一到了才惊讶，原来是个街市，买了鱼虾到楼上来吃。请你告诉我，你为什么会选这个地方？"他问。

"你们的工作人员已经说了，要我推荐最能代表香港的烹调，我马上想到，是蒸鱼呀！所以决定带你到鸭脷洲街市来。"

"有什么特别？"

"鱼要蒸得刚刚好，要蒸得肉粘在骨头上不是那么容易的，多个十秒八秒，少个十秒八秒，都不行。"

"哇！"

"一尾好好的鱼，要是被蒸得过熟，肉完全由骨头上脱出，就是过熟了，把鱼糟蹋了，从前的大少们看到这种情形就会拍桌子大骂，不但要餐厅把鱼收回去，还指责餐厅浪费了鱼，浪费了他们的时间。"

"栢记"的老板娘高妹把我们刚才买的那尾瓜子斑捧上桌，我用筷子拨开了肉让他一看，明白了。再尝一口，又"哇"的一声，大叫"天下美味"，"我走遍世界，真的没吃过那么好吃的鱼"。

"今天我们来晚了，要不然还能找到更香甜的，但不一定是最贵的，像黄脚鱲就是一个例子。"

"只能在香港找到这种鱼吗？"

"不一定，台湾也有，但是他们不会蒸，他们常用火在铁碟子下面加热鱼，鱼不老，但是他们煮得不像话了。"

"对你来说，美食的定义是什么？"

"乡愁和偏见。"我斩钉截铁地回答。

"请你解释一下。"

"我们觉得最好吃的，通常是妈妈煮的菜。你在什么地方成长，就爱吃什么地方的东西，这是乡愁。而别人不同意你的说法，你就会和他们吵架，这就是偏见。"

"请你再举一个例子。"

"美国的美食评论家Anthony Bourdain（安东尼·布尔丹）爱吃热狗，这我不赞同是美食；而我爱吃云吞面，我想他也不赞同。这就是偏见。"

"如果让你死前选三餐，你会选什么？"

"早餐吃云吞面，中餐吃叉烧饭，晚上吃蒸鱼。你呢，你会吃什么？"

"早上吃雪浓汤，中午吃杂菜饭，晚上吃蒸牛肋骨。"

"这已证明你对食物的喜恶，完全受你长大的环境影响，这就是我说的乡愁了。"

"你会抗拒你不熟悉的食物吗？"

"从来不会，我只会用来比较。像鱼，我会比较外国人的和我们的做法，西方人做鱼，多数喜欢加柠檬，这是因为他们在传统上没有吃新鲜鱼的习惯，所以要用柠檬来去腥。比较之下，我就觉得我们的蒸鱼是上乘的。"

"整个中国那么大，也只有香港人会蒸鱼？"

"香港的蒸鱼，从珠江三角洲传承下来，顺德人蒸鱼也许比香港人拿手，但是除此之外，在整个那么大的中国，比较之下，还是没有香港人做得好。"

"刚才买的鱼，价格不菲，一般香港人吃得起吗？"

"香港人有种特性，那就是拼命工作，拼命吃。不那么吃是对不起自己的。但是并非每种鱼都贵，便宜的也有，加上我们懂得怎么蒸，也就好吃了。"

对方开始明白，转个话题，他问道："对于韩国，你喜欢吃我们的什么东西？"

"你刚才提到的蒸牛肋骨，我也爱吃，其中有种肋骨之外加上墨鱼的，味道更错综复杂。我也喜欢吃你们的猪脚，卤了之后切片，加上很辣的kimchi（朝鲜泡菜），再加几个生蚝，用一大片生菜包住吃，那真是美味。"

"你已经在几十年前做过电视的饮食节目，对主持这种节目，我算是生手，你有什么忠告吗？"

"我只能把自己的经验告诉你：别忘记电视节目永远是一种商业行为，一定要有娱乐性，大家才爱看。什么叫娱乐性？就是一个小时的节目里，一定要出现三声'哇'！"

"什么叫三声'哇'？"

"很简单，观众看到自己没有见过的，就会有第一声'哇'；看到出奇的烹调手法，就会有第二声'哇'；看到有让自己过瘾的，就会有第三声'哇'。那个节目就会成功。如果节目中出现了三声fuck（糟糕透了），那就注定你的节目一定失败。"

"什么叫三声fuck？"

"第一声fuck，就是观众都看过的。第二声fuck，就是一点趣味性都没有。第三声fuck，就是主持人在节目中为赞助商卖广告。他们很聪明，一看就看出，你要永远记住，不可以有这种情形出现在节目里。"

主持人深深地向我鞠一躬。

如何处理身后物？

日本人有个优良的传统，那就是人过世之后，把遗物送给亲友。告诉我这件事的是电影导演岛耕二先生的妻子，葬礼之后我到她家里，她说："屋里看到的东西，你拿一件去当纪念吧。"

我最爱的是那几张迪士尼的动画的原画。岛耕二先生在二十世纪五十年代造访好莱坞，在迪士尼片厂中受到嘉宾式的接待，片厂经理问他要什么，他说给他几张原画好了。当年一画就几百万张，原画不值钱，片厂经理很乐意地送给他。

后来有人收藏，这些作品抬到天价。岛耕二太太也不知价值，我心想要，但说不出口。告诉她好好珍藏，今后可在拍卖会上出售。她即刻要送我，我说收了就没意思了。只在画架上拿了几本关于饮食的作品，道谢，告退。

其实，日本人这种作风只限于最亲的人。岛耕二晚年的几部电影由我监制，一老一少，我们相处得极为融洽，他妻子看在眼里，多值钱的东西也肯送我。

我现在写作的地方，摆了一个画筒，紫檀木，好粗，是紫檀根部的前端挖出来的，形态优美。这是书法老师冯康侯先生的遗物，转来转去转到我这里，长伴于我身边，我非常喜欢，每次看到此物，想起冯老师的教导，唏嘘不已。

好的传统都能借用，只有这馈赠遗物，中国人还是不能接受的。我们读书人太过迂腐，酸气甚重，对方生前送的还可照收，过后就觉得对不起遗族，得之有愧。敬爱者的遗物就算值钱，死了也不会拿去典卖，今后再转送给喜欢的人，或者送给博物馆，也为美谈。

洋人对于死是不忌讳的，常在遗嘱上写明这套银餐具送给某某。这也是一种优良传统，希望我们也能慢慢学习。

感情

人间清醒

如何谈恋爱？

"老师，我……我有些问题，但……但是不知道怎么说起。"弟子怯懦。

"是不是男女问题？"

"您怎么知道？"

"凡是吞吞吐吐的，都是男女问题。"

"您见过我的朋友，您认为他怎么样？"

"很好呀。"

"就是这样罢了？"

"我只见过一面，只好这么回答。"

"可以不可以告诉我多一点？"

"让我和他相处两天，我就能够给你一个详细的分析。"

"我和他在一起已经两年了，还是看不出呀！"

"恋爱中的男女是盲目的。这还不是我所说,古人老早已经给过忠告。"

"就按照您的第一次印象,您可不可以给我什么忠告?"

"不可以。因为我说什么,你都听不进去。"

"那么我是不是还要继续和他在一起呢?"

"只要你和他在一起很快乐,就在一起;要是不快乐,就分开。"

"我可以有第二个朋友吗?会不会对他不忠?"

"只要一天没有结婚,无忠与不忠的,他也可以有第二个女朋友。"

"您这不是鼓励年轻人滥交吗?"

"滥不滥看你自己。多几个男朋友不叫滥交,叫多一点选择。"

"您会给自己的女儿同样的忠告吗?"

"会。我对所有没结婚的女孩子都这么说。同样地,我对所有没结婚的男孩子,也都这么说。"

对象变心怎么办？

"如果我的男朋友，变心了呢？"弟子问。

"年轻男女，不是他变心，就是你变心，这是很普通的事。"

"要是我们都不变心，能从青梅竹马走到白头偕老吗？"

"这最可怕了。我有很多这种朋友，结婚之前没有选择，到了老年，发现原来有一个男朋友或女情人是那么好，试过之后，就不回头了，这叫临老入花丛，一点救药也没有。"

"你是说结婚之前，双方都应该与很多异性接触？"

"不叫接触，叫选择，知道是怎么一回事，结了婚，才会珍惜对方。"

"年轻男女，是不是一定会变心的？"

"多数会。因为大家都想找一个更好的。发现这一个比那一个好，就变心了。"

"这么做，不是伤害对方吗？"

"你不伤害对方，对方也会伤害你。"

"那不是很悲惨？"

"没有你想象中那么悲惨。你们也不会考虑到怎么收场。因为你们没有尝试过伤害别人的感情，总要试试看。"

"试了又怎样？"

"试了觉得这是很对不起人的，今后再不去做，那就有救。试了还不断伤害别人，最后会发现受伤害最大的是你自己。"

"年轻人非经过这个阶段不可吗？"

"愈早经过，愈早不再伤害别人，愈好。处理感情，就得谨慎一点。"

"可是怎么谨慎到最后，还是失败呢？"

"变成受害者始终好过害别人。你能够勇敢地一次又一次下注码，就会知道什么叫爱情了。"

爱人幸福还是被人爱幸福？

"爱情是一件幸福的事。"弟子陶醉地说。

"不对。应该说被人爱是一件幸福的事。爱一个人是很辛苦的。"

"这话怎么说？请您详细一点解释。"

"天下间的爱情，从来没有公平的，总是一方的爱多过另一方的。"

"多爱对方，不是很好吗？"

"很好，只不过要付出种种代价，你要忍受一切不应该忍受的事，对方的坏习惯、你不赞同的观点、你不认同的宗教信仰、你不喜欢的他家的亲戚、你讨厌的他的朋友，这些都要忍受。"

"爱一个人是理所当然的呀！"

"他听你的话，就是他爱你，你是被爱的人。你忍着不出声,就是你爱他,他是被爱的人。"

"难道男女之间,永远是一个战场,永远要征服或者反抗对方吗?"

"最初是太平之国,最后一定变成杀戮战场。"

"您怎么对爱情那么悲观呢?"

"我不是悲观,只是把事实告诉你,你现在是不会了解的。"

"是不是一定要等到老?"

"也不一定。聪明的人,一早知道。"

"如果一早知道合不来,不如一早分开。"

"那就要看你的爱有多深了。我早就说过,爱一个人是痛苦的呀。"

"甚至容许第三者?"

"甚至容许第三者。"

"那不是比死还要痛苦?"

"比死还要痛苦。这就是爱。"

如何面对嫉妒情绪？

"我绝对不能忍受，我和爱人间有第三者，我会嫉妒得发疯的。"弟子说。

"嫉妒又是一种年轻人需要尝试接受的情感；有了爱，就有恨。"

"那么，怎么处理？"

"没得处理，只有经验。你们年轻人以为和对方上床，对方就是属于你的。有人要和你分享你的胜利品，你就得杀死这个敌人。"

"这没错呀。"

"我也没说这是错的。这是你们从前没有经验过的情感，就去享受好了。你们会想尽办法，把爱人抢回来，这是你们在爱情战场上的一种基本训练。敌人随时会出现，甚至到你们结婚之后。"

"训练完毕,抢得回来吗?"

"要是抢不回来,你们就要学会预防。要是抢得回来,就要看这个人值不值得抢。"

"嫉妒是一件很痛苦的事。"

"当然痛苦,但不是真的痛,是想出来的痛,你会幻想他和第三者所做的种种恶心的事,这些事会像蛆虫一样腐蚀你的头脑。有时没有发生过的事,也会变成发生过的事。"

"那怎么避免?"

"没得避免。但是不去想,就没有。"

"怎么可能不去想呢?"

"有办法忘掉。"

"怎么忘?"

"爱上另一个人,即刻忘。"

"要不要告诉他从前发生过的事呢?"

"千万不可,一讲给他听,他的头脑,也要被蛆虫腐蚀了。"

"好在你告诉我这些。"

"切记,切记。"

如何选择对象？

"每个女孩子，都想轰轰烈烈地恋爱一次。"弟子说。

"何止女孩子，男孩子也是。"

"师父，您试过吗？"

"我每次恋爱，都是轰轰烈烈的。"

"爱一个人，是不是一定要爱得要生要死的？"

"起初几次是的，后来几次就不是了。"

"那么，同时爱上两个人呢？"

"也可以对那两个人一心一意，轰轰烈烈的呀。"

"但是，如果要在其中选一个呢？"

"选在肉体上满足你的那一个。"

"但是精神也是重要的呀。"

"烦恼就由此产生，想两者兼得。选定了一个，烦恼就没了。"

"可能吗？"

"当然可能。我的上一代，男的就能和几个女子和平共处，和我同年龄的年代中，也看过女的很大胆地打破界限，和两个男的住在一起，那要看你在不在乎世人的批评。"

"唉，说是容易，有时在Ａ君和Ｂ君中要选定一个，还是做不到。"

"我不认同你们年轻人一直用Ａ君、Ｂ君来代表两个人。说这一个，那一个不可以吗？又不是旧文学中那种娘娘腔，何必用英文字母来代表？说来说去最多也不过是你、我、他三个人而已。"

"那么Ａ君和Ｂ君都选择不出呢？"

"你还是喜欢叫Ａ君、Ｂ君。好了，我照你的说法，我会向你说，Ａ君和Ｂ君都不要，找Ｃ君、Ｄ君、Ｅ君、Ｆ君、Ｇ君好了，人生没有比这个更快乐的事了。"

怎样面对孤独?

"我有一个朋友,被对方抛弃了,痛苦得要命,我怎么救她?"弟子问。

"不必救,等她再遇上另一个男人,就不会痛苦了。男女之间,不是你不要我,就是我不要你,很平常的一回事,为什么不把'抛弃'这个字眼抛弃呢?说成分开好了。"

"她等了他五年,不值得的呀!"

"五年之中,她一点也没有享受过吗?哪里有什么值不值得的?"

"但是她痛苦得死去活来呀!"

"人不是那么脆弱的,不会因为一两次失恋而死去。你想想看,过去的一些让你要生要死的事,现在不是也忘记了吗?"

"想一想,倒也是的。"

"那么就先把快乐借过来用,愈快点快乐愈好,就像信用卡也能分期付款,我们也把痛苦分期,不必一下子痛苦得那么厉害。学插花、学做陶器、学着把那碗快熟面(方便面)做得好吃一点,让自己享受享受。"

"要是对这些都没兴趣呢?"

"买些内地的连续剧来看。"

"剧情都是慢吞吞的,她看不下去。"

"那么看韩剧《大长今》好了,它的节奏并不慢,如果还嫌不过瘾,买美剧《24小时》,这个剧的剧情紧张得不得了,一集又一集追下去,不吃饭也不必睡觉,包管医好她的相思病。"

"有相思病这回事吗?"

"在《梁山伯与祝英台》那个年代,有的只是哀哀怨怨,没有死过人的。"

"想起和男朋友的温存时要怎么办?"

"买支电动的,这没有什么好害羞的。近代美国女子的包袋里都装有一支。"

怎样面对恋爱？

"恋爱好，还是婚姻好？"弟子问。

"当然是恋爱好。"

"真是甜蜜！"

"也真是痛苦！没有了痛苦，就感觉不到甜蜜，痛苦是代价。"

"这么说，人生不是充满了代价吗？"

"所以我们把人生说成因和果。有前因，必有后果，这听起来舒服一点，更接近宗教，虽然很玄，但也是事实。"

"难道结了婚之后，两人就不能恋爱吗？"

"可以继续恋爱，但不限制传宗接代，只要双方在思想上都在进步，就能恋爱。如果单方面停止进步，那么就只剩下温情，剩下的只是互相的关怀而已。"

"关怀不是一件好事吗?"

"太多的关怀,会变成一种负担。人是一个个体,大家都有照顾自己的一套,不必旁人指导。关心,就像问候一样,讲太多次就让人觉得很烦。"

"恋爱中的男女,享受的就是这些呀。"

"对,所以说恋爱比结婚好。没结婚之前,能原谅对方的缺点。结了婚,就开始不客气地指责,不是一件好玩的事。"

"总要争争吵吵,怎么避免?"

"可以从各自发展自己的兴趣开始。"

"像一起打高尔夫球不可以吗?"

"可以。不过最好是你打你的高尔夫,我做我的瑜伽,回家时把学到的东西分享一下。讲这种事太遥远了,你还是集中精神去恋爱吧。"

"要是暗恋一个人,该怎么办?"

"千万别暗恋,要明恋,暗恋是对方不知道的,没有用。"

"但是说不出口呀!万一对方不接受,又讲给别人听,这不是羞死人了吗?"

"你要是有两者兼得的毛病,烦恼就产生了。"

如何面对自己的选择?

"嫁个有钱人,是不是一件幸福的事?"弟子问。

"我们生下来都是一个独立的个体,靠别人总是低了一级。"

"有钱不好吗?"

"当然比没钱好,但不一定较穷人幸福。"

"什么叫幸福?"

"满足了就是幸福。"

"那么嫁个有钱人,又满足,就更幸福了。"

"有钱并不一定满足。有了钱,就认为钱不是什么,便要追求爱情了。丈夫有钱,但是出去滚(鬼混)。自己寂寞,需要找人爱,结果两个人还是要分开的。"

"那么嫁了有钱人,就是不幸的?"

"话不是那么说的,自己不断地增值才是最重要的。有钱人多数会停在一个阶段,不进修,人就无趣。你愿意和一个无趣的人在一起吗?"

"从前的人都说要门当户对,是不是胡说?"

"不。这也有些道理。有钱人的家长,一看到对方的父母,觉得寒酸,就会看不顺眼!"

"那是出身的问题,改不了的呀。"

"对,穷也要穷得有自尊。这时候,别人怎么看都不要紧。"

"有些人说'管它干什么,先拿一大笔钱再说'。"

"拿一大笔钱,不如劝孤寒(小气)的丈夫捐一大笔钱,这时候两人就平等了。"

"钱还是重要的呀。"

"有学识更重要,多学几样东西,愈学愈多,路途生存下去,自信心强了,人就坚强,坚强的人不必怕被打倒。"

"有些人认为还是有长期饭票好。"

"那么就要认命,不强求、不啰唆,逆来顺受也是一种做法。最怕是不甘心、不肯忍,又不求自进。这种人,只有死路一条。"

什么是欣赏？

问：我有一个朋友很崇拜一位韩国的歌星，她说她迷恋他，要是能够跟他一生一世在一起，人生就会很满足。

答：我不知道说过多少次，崇拜只是一种很幼稚的感情，迟早是会消失的。

问：要是消失了，还是喜欢这个人呢？

答：那就叫欣赏了。我也时常叫人去看十三妹的作品，她是一个二十世纪六十年代出名的专栏作家，曾在一篇名为《由崇拜到欣赏》的散文中提到崇拜是因为见识少、朋友不多而产生的。她还说："渐渐地，了解了生活，崇拜这种感情便变淡，这不等于再也不爱对方，而是由那份'痴'把自己拉出来，自己变成一个乐观者，站在远处，继续爱戴这个人，佩服这个人，欣赏这个人。"

问：您年轻时，崇拜过别人吗？

答：我崇拜过蒙哥马利·克利夫特，虽然我没有同性恋倾向。后来我觉得他也只不过是一个演员，就开始崇拜辛弃疾，崇拜金庸先生。

问：现在还崇拜吗？

答：我不是告诉了你，变成欣赏了。

问：那么，崇拜不是一件坏事。

答：绝对不坏，坏在你崇拜的是怎样的一个人，像当今有很多歌迷崇拜那些化装为骷髅头的摇滚歌星，学他们迷恋死亡、沉迷毒品。我就不赞同这样的，我们要崇拜，也得崇拜一个干净一点的。

问：崇拜这些歌星的人，有没有共同点？

答：有。她们都长得很丑。

问：哈哈，有些日本老太太看到韩国明星走了，还哭个不停呢。

答：她们一点也不老，从来也没长大过。这也好，表示她们还天真。

怎样看待婚姻？

问：你对婚姻有什么看法？

答：没有人比英国作家王尔德讲得更好：男人结婚，因为他们疲劳了；女人结婚，因为她们好奇。两者都失望。哈哈哈哈。

问：你对这制度的看法？

答：相当野蛮，是愈文明愈野蛮的一种制度。一定是清教徒式的人想出来的。或者是能力极弱，连一个女人都对付不了的男人想出来的。

问：女人总是想嫁人的，要是嫁不出去怎么办？

答：因为大家都结婚，这些人没有嫁过人，所以这些人想嫁，就是王尔德所讲的好奇了。当今社会嫁不出去的女人很多，她们不是唯一一个。甚至不结婚、不生儿育女，在现在也是相当流行的，没什么不得了的。不嫁人就不嫁人嘛。为什么要为了一个愚蠢的制度去烦恼?

问：那为什么还有那么多人赶去结婚？为什么他们要结婚？为什么他们会结婚？

答：一时冲昏了头脑。爱到浓时，只想和这个人每天二十四小时厮守，大家就结婚了。要是能保持清醒，当然不会糊里糊涂地走进教堂。

问：你相信离婚这一回事吗？

答：不相信。

问：不相信？

答：不相信。因为这是一种承诺，我不相信对答应过的事不遵守的人。现在已没有指腹为婚的事。你结婚，是因为你爱过，没有人用枪指着你的头。

问：但人总是会变的呀！

答：不错，所以结了婚就要期待自己转变去适应对方，或者让对方适应你。如果改变到大家都成为一个不同的人，那么你已经不是对这个人做过承诺了，可以离婚。离婚有种种理由，最直接又最爽快的是不能容忍的意见分歧。如果有自由的婚姻制度，那么就应该接受这个单纯的理由，别再拖泥带水，折磨彼此。就那么简简单单地让两个一直痛苦的人分开好了。

问：子女呢？

答：问得好，我们最应该考虑的是下一代，为了他们而勉强在一起，甚无奈，但这也是要接受的事实。所以我劝对婚姻制度没有信心的人，即使结了婚，也不要生孩子。

问：到底有没有完美的婚姻？

答：有的。我父母就是一个例子，他们真是白头偕老。看到许多老夫老妻手牵手散步的情景，我心中便涌起一阵阵的温暖。他们在一起，并不是因婚姻制度，他们是老伴，也许其中有很多无可奈何的意见分歧，但始终接受对方的缺点，爱护和关怀多过其他。

问：问了你那么多关于婚姻的事，还没问过你本人结了婚没有？

答：结过。在法律上。

花钱

人间清醒

如何享受茶？

问：茶或咖啡，选一样，你选茶还是咖啡？

答：茶。我对饮食非常忠心，不肯花精神研究咖啡。

问：你最喜欢什么茶？

答：普洱。

问：茶有那么多种类，铁观音、龙井、香片，还有锡兰红茶，为什么只选普洱？

答：龙井是绿茶，多喝伤胃；铁观音则是发酵到一半就停止的茶，很香，只能小量欣赏才知味；普洱则是后发酵的，愈陈愈好，冲得怎么浓都不要紧。我起床就有喝茶的习惯，睡前也喝，喝别的茶反胃，有些妨碍睡眠，只有喝普洱没事，我喝得很浓，浓得像墨汁一样。我常自嘲说肚子内的墨汁不够。

问：普洱有益吗？

答：饮食方面，广东人最聪明，云南产普洱，但整个中国只有广东人爱喝它，它的确能消除多余的脂肪。吃得饱胀的话，一杯下去，舒服无比。

问：那你自己为什么还要搞什么"暴暴茶"？

答：这个故事说来话长，普洱因为是后发酵的，有一股霉味，加上玫瑰干蕾就能辟去，我又参考了明朝人的处方，煎了解酒和消滞的草药喷上去，焙过，再喷，再焙，做出一种茶来克服暴饮暴食的坏习惯。起初是调配来给自己喝的，后来成龙常来我的办公室试饮，他觉得很好喝。后来别人也来讨，烦不胜烦。

问：你什么时候开始把它当成商品，又为什么有做茶生意的念头？

答：有一年的书展。书展中老是签名答谢读者，没什么新意，我就学古人路边施茶，大量泡"暴暴茶"给来看书的人喝。主办方说人太多，不如卖。我说卖的话就违背施茶的意义了。不过卖也好，捐给保良局（*香港著名的慈善机构*）。那一年两块钱一杯，一卖，就筹了八百块，我的头上铛的一声亮了灯，就将这茶变成商品了。

问：它为什么叫"暴暴茶"？

答：暴食暴饮也不怕呀！所以叫"暴暴茶"。

问：你不认为"暴暴茶"这个名字很暴戾吗？

答：起初用这个名字，是因为它很响。你说得对，我会改的，也许改为"抱抱茶"吧。我喜欢抱人。

问：为什么你现在喝的是立顿茶包？

答：哈哈，那是我在欧洲生活时养成的习惯。那边的人除了英国，大家都只喝咖啡，没有好茶。随身带普洱又觉烦，我干脆买些茶包，要一杯滚水自己搞点。在日本工作时，发现他们的茶也淡得要命，我拿出三个茶包弄浓它，不加糖，当成中国茶来喝，喝久了上瘾，早晚喝普洱，中午喝立顿。

问：你本身是潮州人，不喝工夫茶吗？

答：喝。自己没有功夫，别人泡我就喝。我喝茶喜欢用茶盅。家里有春夏秋冬四个模样的，现在是秋天，我用的是布满红叶的盅。

问：你喝茶的习惯是什么时候养成的？

答：从小。父亲有个好朋友叫统道叔。到他家里一定有上等的铁观音喝。统道叔看我这个小鬼也爱喝苦涩的浓茶，很喜欢我，教给我很多关于茶的知识。

问：令尊呢，喝不喝茶？

答：家父当然也爱喝，还来个洋腌尖[①]，人住南洋，没有什

[①] 粤语词，指爱挑剔的人。

么名泉，就叫我们四个儿女一早到花园去，各人拿一个小瓷杯，在花朵上弹露水，好不容易才收集几杯拿去冲茶。炉子里面用的还是橄榄核烧成的炭，他说这种炭火力才够猛。

问：你喝不喝龙井或香片？

答：喝龙井，好的龙井的确引诱死人。不喝香片。香片只有北方人才欣赏，有那么多花，已经不是茶，所以只叫香片。

问：日本茶呢？

答：喝。日本茶中有一种叫玉露的，我最爱喝了。玉露不能用太滚的水来冲，先把热水放进一个叫oyusame的盅中冷却一番，再把茶浸个两三分钟来喝，味很香浓，有点像在喝汤。

问：台湾茶呢？他们的茶道又如何？

答：台湾人那一套太造作，我不喜欢。茶叶又卖得贵得要命，违反了喝茶的精神。

问：你喝过最贵的茶，是什么茶？

答：大红袍。我认识了些福建茶客，才发现他们真是不惜工本地喝茶。请我喝的茶叶，在拍卖中的价格被叫到十六万港币，而且只有两百克。

问：真的那么好喝吗？

答：的确好喝。但是叫我自己买，我是付不出那么高的价钱的。我在香港九龙城的茗香茶庄买的茶，都是中价货。像普洱，三百港币一斤，一斤可以喝一个月，每天花十港币喝茶，不算过分。一直喝太好的茶，就不能随街坐下来喝普通的茶，人生会减少许多乐趣。茶是平民的饮品。我是平民，这一点，我一直没有忘记。

应该怎样旅行？

问：你说你不会回答重复的问题，我记得你还没有说过旅行，我们聊聊这一方面好吗？

答：一讲起旅行，许多人都会问我："你有什么地方没去过？"真可叹，我没去过的地方有很多啊！每次坐飞机，我都喜欢读机内的杂志，各国航空地图对自己国内航线的地图画得最清楚，我看到那些密密麻麻的小镇名字，就知道自己多活三辈子，也肯定是走不完的。

问：你最喜欢的是哪一个国家？

答：这也是最多人问的问题之一，和问我最喜欢吃什么地方的菜一样。我的答案非常例牌①，总是说最喜欢吃的菜是和好朋

---

① 粤语词，意指遵循惯例。

友一起吃的菜，最喜欢的国家是有好朋友的国家。并非敷衍，事实也是如此，每一个国家都有她的好处和缺点，很难以一个"最"字来评定。

问：最讨厌的国家呢？

答：最讨厌海关人员给我嘴脸看的那些国家。我来花钱，为什么要看你那些不瞅不睬的嘴脸？你是官，管自己的人民好了。我是客，至少要求有自己的尊严。

问：那么下一次你就不会再去？

答：不，会再去。每一个国家的人，都有好有坏，不能一棍子打沉一条船。

问：像前南斯拉夫那种穷乡僻壤，你也住过一年，为什么不选在欧洲更好的国家住？

答：那是为了工作，不得不住那么久，但是我也爱上了你所说的"穷乡僻壤"。住一个地方，愈住愈讨厌是消极的。发现那里更多的好处也是另一种想法。所以我常说，天堂是你自己找出来的，地狱也是你自己挖出来的。

问：怎样找？

答：从食物着手是一个好的开始，有很多你没吃过的东西，有很多你没尝过的煮法。观察他们的生活方式，研究他们的历史，等等，都是空谈。最好的办法，是和当地的女人交朋友。

问：要是东西不好吃，女人难看呢？是不是可以举一个实例来说明？

答：我到尼泊尔去，就能学习当地人对颜色的看法。尼泊尔一切都是灰灰黄黄的，当地人也觉得单调，染出来织布的绳线颜色非常鲜艳和大胆，冲撞得厉害，他们也不觉得不调和，这对我画画很有帮助。

问：从旅行中你还能学到什么东西？

答：学到谦虚和不贪心。我最爱重复的有两个故事：一个是我在印度山上，当地的一个女人整天烧鸡给我吃，我问她有没有吃过鱼，她问我什么是鱼。我画了一条给她看，说她没吃过鱼真是可惜。她却说没吃过鱼有什么可惜。另外一个故事是发生在西班牙的小岛上。一早出来散步，我遇到一个老嬉皮士在钓鱼，地中海清澈见底，我看到他面前的鱼群是很小尾的，而另一边的很大，我向他说："喂，老头，那边的鱼大，去那边钓吧。"你猜他是怎么回答的？他说："我钓的，只是午餐。"

问：我们去完一个地方，回来可以做些什么？

答：最好是以种种方式把旅行的经验记录下来，能用文字的人写出来最好了。或者画画，不然用相机拍，总是要留些回忆，储蓄下来在老的时候用。忘得一干二净的话，以后坐在摇椅上，两只眼睛空空地望着前面，什么美好的东西都想不起，是很可悲的。

问：你是不是一定要住最好的、吃最好的？

答：旅行分层次，年轻时拼命吸收的旅行，任何条件都不在乎。就算头顶上没有一片瓦，背袋当枕头也能照睡。经济条件得到改善，便要求吃得更好、住得更好，这是必然的。但是当你有了高级享受，就失去了刺激和冲动。每一个层次都有它的好处和缺点，不过一有机会便要即刻动身，不能等。

问：对于目的地的选择呢？

答：没去过的地方，哪里都好，可从到新界开始，再发展到澳门，到新马泰，要避免去假地方。

问：什么叫假地方？

答：像日本九州岛的豪斯登堡，很多香港人去，我就觉得乏味，它是一个假荷兰，说是一切都是按照原建筑建的，但是走进大堂，就看到出入口的牌子，还有"非常口"呢。荷兰人哪会用汉字？香港到真正的荷兰，也不过是十二小时的直飞。世界很小，不能浪费在假地方上。

问：到一个地方去，事前要花什么功夫？

答：买各种参考书来看，详细研究地理、历史文化，对他们的国家有所了解是一份尊敬，去的时候遇到当地人，他们会更乐意做你的朋友，要是研究了竟然去不成，也等于去过了。

问：不过也有句古语说，行万里路胜读万卷书呀！

答：不对，读书还是最好的。读得愈多，人生的层次愈高，这是金庸先生教我的。他写小说的时候没去过北京，但书中的描述比住在当地的人的描述更详细、清楚。只要数据做足就是。高阳先生写的历史小说，很多地方他也都没去过。日本有几本畅销的外国旅游书，作者从不露面，新闻界追踪，最后在一个乡下找到，原来他是一个从来没踏出过日本本土一步的当地人。

问：有很多地方我也想去，但是考虑了很久，还是去不成，怎么办？

答：想走就走，放下一切，世界不会因为没有了你而不运转的，说走就走，你没胆，我借给你。

怎样享受听书的乐趣？

青岛出版社刚刚为我出了两本书，分别是《忘不了，是因为你不想忘》和《爱是一种好得不得了的"病毒"》，编辑贺林十分用心，请了一流人才设计封面，用最好的纸，我对此十分感谢。

受他邀请，我出席了上海书展，其位置在上海展览馆（上海展览中心）。这座大厦建于一九五五年，是所谓"俄罗斯古典主义"建筑风格，丑得不得了，像蛋糕多过像建筑物。但是看到入场的年轻人在雨中一圈圈地排队，还要买门票入场，非常感动。不管电子书将会多发达，纸质书永远不会被替代，爱书者将一代代地传下去。只要接触过一次书香，人们便永远忘怀不了。

会场挤满了人，所展书籍多不胜数，我走了一圈，就是没有看到有声书的摊位，要是在英美国家的话，其会占据书展的一个位置。二〇一六年，有声书的总销量是六十四亿美元，畅销书一出版，必有一本相应的有声书跟着这个市场，绝对不容忽略。

谁会买有声书呢？绝大部分是一群花时间在交通上的人，与其听那些没有用处的咿咿哎哎流行曲，还是听有声书得益。

我在多年前已经有了听书的瘾，有声书已成为我旅行时不可缺少的伴侣。在车上看书会头晕，听书最为舒适，现在我临睡之前也一定会听书，像妈妈说故事给孩子听一样，听呀听呀，就入睡了，这是多么美妙的一种感觉！

我最初是买CD听，经过外国书店必进去找，大型书店必有一些专柜出售各种各样的有声书，从小说到传记，还有各类的幽默小品，我都能轻轻松松听完，美国有一个网站叫Audible（亚马逊有声读物），你们不妨去试听。

我偶尔也听一些经典的文学著作，像《堂吉诃德》和《罪与罚》，但我始终喜欢侦探小说，由福尔摩斯听起，到老太太阿加莎·克里斯蒂，重听又重听，百听不厌，发现最近写得好的是Jo Nesbo（尤·奈斯博），他的《雪人》也被拍成了电影，另外层次没那么高的有Daniel Silva（丹尼尔·席尔瓦）写的一连串的杀手故事，这位作者还没有受到好莱坞的重视，但今后也一定会像《007》一样一集集拍下去。

《罪与罚》和丹尼尔·席尔瓦的作品都是同一个人读的，

此君叫George Guidall（乔治·吉达尔），已被誉为"录音书帝王"，他一共读了约一千三百本书，都令人听得着迷。有些听者还不顾书的作者是谁，走进书店或图书馆说："给我一本乔治·吉达尔读的书！"

吉达尔也相当会自嘲，他说有人告诉他："我老婆认为你的声音很性感，现在遇到了你，就不必担心了。"

在二〇一七年，已经七十九岁的他，平均要花三至四天才可以读完一本书，他说最好是不见到作者，否则会给他种种限制。选什么作品来读呢？他有原则的，太注重色情与暴力的不合他的胃口，他有绝对的选择权。

"我不过是一个演绎者，但在读一本书时，我就变成了这个作家，尽量把书和听者的距离拉近，但我也知道我自己的位置，我不过是一只寄居蟹，躲在人家的幻想里面。"他说。

"读一本书不是大声念出来就行，各种人物要有各种声音，有时一本书里有几十个人物，声音有时要变男的，有时要变女的。最近我听说有一间诊所，专门教那些男的变性人怎么说话像一个女人，我真想去上几堂课呢。"他幽默地说，"在我的录音间里，我放着一双红色的女人鞋，录音时穿上去，看看会不会女性化一点。"

我最新听的，是一连串的《警察厅长布鲁诺》，这是由一个叫Martin Walker（马丁·沃克）的英国人写的以法国乡村为背景的侦探小说，书里结合了悬疑和美食，人物十分可爱，一听就不能罢休。

我们在香港曾努力推广有声书，但都不成气候。在内地，出版商的第一个反应是："投资了那么多钱，会不会给人一下子盗版了？"

当今，防盗版的技术已愈来愈进步，做得最有规模的是金庸听书①，我们可以一本本买，或者一整套买。我早已购入，重温各部金庸小说。可惜听起来没有外国的有声书那么顺畅，但这只是小瑕疵，大毛病是临睡前一听，就不想睡觉了。

趁着这次的书展，我又与青岛出版社聊起出有声书的事，他们是一个很年轻又很努力的机构，曾经请人念我的书，给我试听，但选的声音都很苍老，与我的轻松内容有点距离，这次他们说要重新组织一下。

怎么出呢？我建议有声书的外表和原著的一样，打开了就是一张CD和一本书，要看要听都行。如果读者对有声书没有兴趣，也可以当成买一本书，送一张录音CD当赠品，不妨尝试。我一直说："肯试，成功的概率是百分之五十；不试，成功的概

---

① 即《金庸作品集》汉语有声项目。

率是零。"

目前，有声书已有兴起的迹象，内地一个叫喜马拉雅的网站上已有很多人在听。肯开始，就已经是踏出第一步了，希望这个市场能日渐成熟，也是给爱书人提供的另外一个途径，好事一件。

为什么要听有声书？

Dan Brown（丹·布朗）的小说 *Origin*（《本源》）在二〇一七年十月初出版，没过几天，我就读完了。不，与其说读，应该是听，当今所有畅销小说的纸版书一出版，有声书一定会在同时推出。

我一直致力推崇听书的好处，有声书在美国已经是一宗数百亿美元的生意，但在东方还是育婴时期，近来看见曙光，内地的一个叫喜马拉雅的网站连同广播电台已做得有声有色，拥有很多听众，大家都发现在交通繁忙，一堵起车来就是一两个小时的年代，听书的确比听流行音乐更加容易打发时间。

本来，像《本源》这种通俗小说也不值得怎么去谈它，但到底这本书讲的是我心爱的西班牙，尤其是集中在我三十年前住过的巴塞罗那，还有我敬仰的建筑师安东尼·高迪，就请各位容忍我再胡诌一下吧。

作者丹·布朗依照他一贯的手法，利用兰登教授这个人物去解开一切的暗号和密码。故事还是那么俗套，先选一个博物馆的背景，这次是西班牙毕尔巴鄂的古根海姆博物馆，命案发生了，逼迫男主角和女主角逃亡，他们一直被人追杀，到最后回到巴塞罗那的圣教堂结束，情节我也不多加叙述，免得扫大家阅读时的雅兴。

《本源》距离成功的《达·芬奇密码》已经多年，接着的《天使与魔鬼》也多人追读，更被好莱坞拍成电影，魅力实在不可抵挡，但后来的几本，喜欢的读者已慢慢离去，减退了热潮，丹·布朗也知道这一本新书再不能刺激到读者的话，神话是会幻灭的。

所以《本源》选取了一个大家共同关注的题材：宗教和科技。这两者互相对抗，谁会胜利？人类是从何处来的？我们将向何处去？

故事的配角选中一个年轻的科技人，他是糅合创立苹果、脸书和特斯拉汽车的一些怪杰形成的，恣意立证上帝的不存在，先来一个语不惊人死不休的开头，而这个人即刻被异教徒开枪打死。

地点就在毕尔巴鄂的古根海姆博物馆，作者用很多笔墨来形容它，它像那只巨大无比，用植物和花朵做成的狗，也像一只铁制的大蜘蛛，没有看过的人一定感兴趣，看过的也会惊讶，留下深刻印象。博物馆中，中国蔡国强的作品也被提到，但轻轻带过而已，各位要是读了这本小说而去那儿一游的话，反而要仔细看蔡国强的作品，那一大群狼是更令人震撼的。

背景一转，到了巴塞罗那，可以先去奎尔花园（格尔公园），对那奇特、天真又带邪气的柱子、龙和碎瓦，每个到此一游的人先会感到很怪，后被深深吸引，是怎么样的脑筋令高迪这个建筑师做出这些塑像来。是个天才还是个疯子？相信书出版后必会卷起一个看高迪建筑的热潮，大家会捧着这本原作，到高迪的各个建筑前仔细观看。

这是丹·布朗的最后一击，如果不成功，引不起读者兴趣的话，今后一定会受到出版商的遗弃，他非出尽法宝不可，而选中高迪的建筑，是聪明的，高迪的作品永远看不厌，也是一个永远解不开的谜。

和其他美国的通俗文化一样，丹·布朗的小说带来了感官上的刺激，当然是一时的，谁也不相信通俗文化会长远，正经的读者和学问研究家永远歧视这些东西，但是它们会一波又一波地出现，看厌了，抛丢，新的又出来，是没有价值的，但是是好看的——在当时。

丹·布朗说他自己写的东西，像一杯冰激凌，吃过算数，但他的冰激凌加了一点营养素。什么是营养素？培养读者对博物馆的兴趣，就是一种很好的营养素。

很巧妙地利用隐藏的符号来译密码，也是丹·布朗的拿手好戏，这是从小培养出来的，他的父亲是一个数学家，写了当今还被当为教科书的多本读物，他母亲是虔诚的教徒，是在教堂中弹风琴的。当儿童时，他父母每到圣诞节在树上挂的不是礼物，而是一封封的信，打开了就可以找到密码，在这种环境中长大的他，当然可以利用密码来引诱读者看下去，也利用了父母的矛盾，研究宗教和科学的对抗与平衡。

丹·布朗印证了人类最初因对大自然现象不了解而用宗教来解答，像受到天气影响，就创造出雷神、风神和海神之类的形象，但一一被科学的解答打破，这些神已经落伍了，我们也不会相信了，我们就抛弃了这些神。

在科技发展一日千里的今天，我们当然不能再相信人类是上帝在七天之内造出来的。化石的出现，已打破这种传说，但我们为什么还相信宗教？我们相信，是因为我们需要心灵上的慰藉。宗教和科学，是可以共存的。

重提有声书。金庸听书有一个App（应用程序），我在这里重听了先生所有的作品，可惜这个App做得并不完善，听听停停，尤其是在紧要关头，气死人了。去喜马拉雅上听吧，那里的音频非常流畅，借此来学国语（普通话），好处多多呢。要是懒惰的话，听粤语版吧。那里也有四川话版。总之听书是很好玩的，各位不妨试试。

关于古董的知识

和一位美女古董鉴赏家聊天。

"如果我家里传了一件旧东西,要怎么处置?放在家里几十年了。"我问。

"要是假的,放一百年也没用。"她笑了。

"这我知道,有什么途径辨别一下吗?是不是一定要拿到拍卖行去?"

她娓娓道来:"当然可以,但是你要知道,所有古董的买卖交易,拍卖行只占了不到十分之一,多数是行家和行家之间的交易。"

"我要怎么样才能接触到行家呢?"

"所有的字画、玉器、瓷器、铜器等交易,都有一个小圈子,只要你认识其中一个,由他介绍和推荐,就会有人可以帮你鉴赏。但是，一定要有特别的关系，这些人不会贸贸然替你看。学问到底是值钱的。"

"你这么说，可就难了，我什么人都不认识的话，也只有去拍卖行了？"

"可以拿去试试看。"

"大拍卖行也不知道我是什么东西，他们会见阿猫阿狗吗？"

"好的拍卖行不会错过任何有可能促成交易的机会，有些甚至设有一个柜台，在办公时间替客人鉴赏。"

"这么说，拍卖行最可靠？"

"也不是，当天拍卖行的这个所谓专家，即使是一个'jack of all trades'（所谓全能的人），也不一定看得懂。你要知道，每一种艺术都有专门人才，花了一生去研究才看得出作品的真假。"

"如果给他看中了，再下一步会做什么？"

"他们会替你订一张合同，说卖成了收百分之多少的中介费，你也得付保险费、包装费、拍照记录费及运费等，卖得成的话，由款项中扣除，卖不成你得付现金。"

"通常收百分之多少？为什么要收运费？"

"有十到二十，看你怎么交涉，他们会建议某种东西适合在某地市场，才卖得高，运费就产生了。"

"如果在这家拍卖中卖不出去，可以拿到另一家试试看吗？"

"用我们行内的术语，这件东西已经燃烧（burned）了，很少人会再去碰。这个圈子，到底不大，大家都知道。"

"拍卖是你争我夺的，我可不可以拿一件东西去，叫两个自己人去抬高价钱，然后再卖出去呢？"

"什么欺诈的行为都会发生，这一招是老掉牙的，能到拍卖行去的人都不是傻瓜，如果一件作品没有那种价值，是逃不过那群人的眼光的。"

"但是，在拍卖行买到假货的例子也有呀。"

"不但有，而且经常发生。"

"那么可不可以告他们？"

"我们这些所谓专家，都是从买到假货学起的。一般，都不出声，'咕'的一声吞下去，当成交学费。如果要证明买到的是假的，就要有被公认为专家的人肯替你出头，拍卖行才会赔偿你。不过，和你订的合同上有很多行小字，都是保护他们自己的，要告人，没那么容易告得赢。"

"你刚才说还有十分之九的买卖是靠专家，那么专家们会不会到拍卖行去参加拍卖呢？"

"东西一经拍卖行，一定先把价钱提高了。不过，专家们也会去拍卖行的，因为他们不会放过买到好东西的机会，虽然他们很少出手。"

"在古董商店能不能找到好东西呢？"

"机会不多，但有可能，而且价钱乍看之下很贵，但不会贵过拍卖行的。"

"那行家和行家之间的交易又是怎么样的呢？他们怎么卖出去？"

"要成为行家，一定要向另一个行家学习，学习过程中认识其他行家，做人诚实，才会被大家接受。这一行圈子很窄，互相有一个网络，大家会互相介绍好东西。他们也会在各个重要的艺术展览会中陈设一个展示厅，爱好者自然集在一起。"

"旧的要是卖光了，怎么收新货呢？"

"成为专家后，对收藏品是很热爱的，如果他们放出，是货源的一种。有些是普通人家卖出的，像中国的好些古董都流散到欧美国家去了，要是打听到有一两件，马上就乘飞机去看了。"

"会不会白跑一趟呢？"

"之前会有数据参考，值得去才去。当然，大家初入行的时候会走很多冤枉路。"

"怎么成为专家呢？成为专家，要花多少年？"

"像当铺的学徒一样,从眼光学起,看多了,失败多了,才学会。这一浸淫,至少要二三十年的工夫吧?最重要的是自己要有一份热诚,对这些东西有无穷的爱好,才能坚持下去。你问了那么多,你有很多收藏要卖吗?"

"呸呸呸,收藏了,还要拿出来卖,倒祖宗十八代的霉了。"我说。

"你不是在骂我吧?其实,买了卖,卖了买,愈来愈精,那种乐趣也不是一般人能够享受到的。"她笑道。

怎样享受按摩？

第一次接触按摩，是我从新加坡到吉隆坡旅行的时候，当年我只有十三岁。

她是一个比我年纪大四五岁的女孩子，面貌端正，她问道："要干的，还是要湿的？"

"什么？"

"干的是用强生婴儿爽身粉，湿的用'4711'（科隆香水）。"她说。

这种来自科隆的最原始、最正宗的科隆水，有一股很清香的味道，我很喜欢。我告诉她当然要湿的。

她从手袋中取出一樽一百毫升的玻璃瓶，双手抹上，开始从我的额头按起。接触刺激到全身神经末端，是我从没有经验过的，非常舒服。后来按至颈部、肩上、手脚，感觉酸酸麻麻的，整体血液打了好几个转。

从此，我染上按摩癖。

我十六岁来到香港，友人带我去尖沙咀宝勒巷的温泉浴室，我到了才知道上海澡堂子的按摩是怎么一回事。这儿有全男班的师傅。有一个师傅替我擦完背，我躺在狭窄的床上，然后他就那么噼噼啪啪敲打起来，节奏和音响像在打锣鼓，"咚咚锵，咚咚锵，咚锵。"又按又捏，按摩后一身轻松，我真是深深地上了瘾。

去到日本，我在温泉旅馆试了他们叫作指压的按摩，敲拍的动作不多，以穴位的按压为主。最初颈项受不了力，事后经常疼痛数小时。后来遇到的技师也都很平庸，可能是民生质素提高了，不太有人肯做这份工作，后继无人之故。所以去泡温泉，我也很少叫指压服务了，很歧视他们的手艺。

开始我的流浪生活后，到哪儿都找按摩店。韩国人并不太注重此种技巧，在土耳其浴室中按几下，用的也是日本的指压方式，但在理发铺洗头时的头部按摩，却是一流，慢慢从眼睛按起，用小指捏着眼皮，揉了又揉，再插进耳朵，旋转又旋转，正宗享受，何处觅？

台湾也住过一阵子，来的多是座头市[①]式的盲侠，其技术介

[①] 日本小说中的一位双目失明的民间游侠。

于上海按摩和日本指压之间，遇到的对手并不高明，是我运气不好吧。

印度按摩用油居多，会留下一身难闻的味道，但是技师以瑜伽方法，一个穴位按上二十分钟，也能令人昏昏欲睡。

最著名的应该是土耳其按摩了，浴室的顶部开了几个洞让蒸气透出，阳光射入，照成几道耶稣光，肥胖、赤裸的大汉前来，左打右捏，只搓不按，把你当成泥团搓，也是令人毕生难忘的。

另一个出名的是芬兰浴了。人们从郊外的三温暖室中走出，跳入结冰的湖中洞里，有心脏病的话大概会猝死，但我那时年轻，受得了。人们在暖室中会用一把桦树枝叶敲打全身，然后从暖室中出来，身上的热气喷出，与外边的冷冻相撞，结了一团雾，整个人像被云朵包住一般，最后，一个赤着身体的高大女人会前来为你按摩，这种女人的经验是可贵的，但毫无纤细可言。

还有很多国家的按摩，我也都试过。一生之中，遇到最好的，没有几个。

深圳蛇口的南海酒店的孔师博，是穴道学会的主席，他按的方位奇准，按完还会教你几招自习，可以推荐你们去。

我到云南大理旅行时，在一家台湾人开的旅馆中遇到一位三十岁左右的失聪女士，也是奇才，她不知道承袭了哪一派的功夫，我被她按完后整个人脱胎换骨，可惜没记下她的名字。

汕头的金海湾大酒店中，有一位脚部按摩的技师有个很特别的姓，让我不会忘记。她姓帅，是一位天生的技师，至今在我做过的脚部按摩里，算她技术最好。

谈回指压，数十年前邵逸夫先生从东京东银座的艺妓区请了一位师傅长驻香港，帮他按摩。当年他事忙，也很少叫她。这位小姐来了差不多两年，一遇到什么困难都会来找我解决，因为我们会用共同语言，她一直说要给我按，我没答应。因为她是别人请来的，我不可私下占便宜，最后她临上机那晚上，哭泣要求不让她做一次，她绝对不安心回家，我只好顺了她的意思。她的指头按下，由轻至重，连带着震荡，绝对不会令肌肉酸痛。内功发出，我身上有一股暖气流入双腿内侧，使我整个人欲死欲仙。从此，我再也不敢看轻日本指压了。

另一位按摩功夫绝顶的女人是我在印度尼西亚遇到的。当年，我颈部生了一介粉瘤，准备去法国医院开刀取出，吩咐她不要碰到那个部位，她从我的手脚按起，技巧和中国、日本、欧洲、印度和中东的都不一样，招数变化无穷无尽，没有一道是重复的，令人折服。

"听说有一个穴道，一按就会睡觉，是不是真的？"我用印度尼西亚语问她，她微笑点头，双指从我的眉心按去。

一觉醒来，她人已不在了，我去浴室冲凉时，发觉那个粉瘤也让她给按走了，消失得无影无踪，但一点也不痛，省了好多住院和手术的费用。

如果你问我最喜欢是哪一种按摩，我一定回答是泰式的。若不是去色情场所，所有的泰式古法按摩，都很有水平。按摩等于是别人为你做运动，泰式的最能证明，按摩师抱着你，两人合一，用她身体全部劲力为你做，是天下最好的按摩。

要找最好的技师有一个秘诀，那就是先付丰富的小费。对于小费，倪匡兄有一点见解，他说："小费当然是先给，后给不如不给，笨蛋才后给。"

阅读电子书的乐趣

各类电子书阅读器，不断在市面上出现。

首先是有声宝牌的SL-C86彩色液晶体电子手账，接下来是乐声牌的（型号是M Book BKE AW-NZ），它是双面的液晶体，像打开的一本书，可以左右阅读。

但是最轻便的还是Sony（索尼）的e-Book EBR-1000EP，只有13毫米厚，110毫米宽，220毫米长，重量约190克，像一本很薄的口袋书，单手阅读绝不成问题。

一按按钮，即刻翻到下一页，如果用10 MB的记忆卡，可收藏约二十本书，假设每本书是二百五十页的话，用512 MB的记忆卡就能藏约五百本了。

电子书阅读器本身不太耗电，装入四枚小干电池就能读一万页。

电子书阅读器翻页钮下面有个"文字大小"按钮，能放大1.25倍、1.50倍、1.75倍，甚至可以放大到原书的两倍。这对有老花眼的读书人来说是一个大福音。而且放大之后，字还是那么清晰，一点也不像放大电子照片那样模糊。

若遇到了难字，不管是日语的或英语的，按下面的阿拉伯字母按钮，就可以帮你翻译出来。电子书阅读器本身藏有四本字典，如果你还嫌不够，可以下载其他八类词典。

书签是内藏的，按钮一按，查完字后，页面即刻会回到原来的页数。

在东京已有现货，也可以进入索尼的网站查询，网站是www.sony.co.jp/LIBRIE/。

现在硬件有了，也一定要有软件支持。时代图书城（Timebook Town）就诞生了。

在Timebook Town中，会员每个月交八十港币的会费，就能阅读五本书，可以选择各类书籍。

如果你想看畅销书流行榜上的新作品，就得多付约五十港币，一个月可以看三册。

每一本书都受知识产权保护。你订阅了多少册，这机构就分多少红利给出版社，再让作者抽版税提成。账目清清楚楚，只要上了网，就知道有多少人下载来看，作者也不必担心无良的出版商多印了几版不告诉你。

要查书也很容易，根据书名、作者名、出版商名，有很多查找途径。另设有书籍资料的介绍，让你查出关联的作品和它们的评论。

虽然电子书可藏五百本，但上述费用是租借的，两个月六十天过后，这些书就会自动消失。不知道他们用的是什么方法，真像科幻片中发出一阵烟就看不到某个东西了。

全书购买是什么价钱？暂时还没有这种服务。

有兴趣查多一点数据，可进入http://www.timebooktown.jp/。

最可惜的是，那个电子书机器和这个Timebook Town，都只供懂得日文的人使用。

我想英文版很快就会出现了吧？至于中文版，要等到何时何日呢？

中国的电子软件愈来愈发达。硬件方面只要买一个日本人的玩意儿，拆开来研究一番，即可照抄，就像当年日本人抄美国、德国的产品一样，一点也不必羞耻。抄完之后，还不会发明更厉害的，才是羞耻的。

我当然希望早日能买到一部阅读中国文字的电子书阅读器。台湾也会出吧？目前我只限于在电子机器MP3中听录音书，也都是英文的。iPod mini（苹果播放器）可以录十册至二十册小说，已让我感到幸运和满足。

电子书代替传统纸书，是时代巨轮下必然出现的现象。我们虽然眷恋线装书的手感和它的书香味，但是我们也接受了新的技术，看我们当前阅读的书。对于电子书，只是适应的问题。

纸张的运用，是要伐木的。就算你多喜欢传统的书籍，也要为保护大自然着想吧？

当今我每搬一次家，就会把旧书扔掉几十箱，因为凡是能在书店买到的，都是不值得收藏的，剩下来的是一大批工具书，像字典和珍贵的图片等。等到电子书发达了，就连这些工具书都能丢掉了。

有一天，要是能有电子书，配上作家本人的阅读声，或由著名的舞台演员读出，一面看一面听的话，那才叫完美。

怎样鉴赏雪茄？

对于雪茄，我实在是一个门外汉。

抽了一辈子的香烟，是因为我忙了一辈子，从来没有时间让我停下来，好好地抽一根长雪茄。偶尔，在一顿精美的晚餐之后，我也喜欢来几口，但到底不是天天抽，没有资格称雪茄的爱好者。

因祸得福，我生了一场病，开完刀后医生说非戒香烟不可。说戒就戒，我再也不抽香烟，但是我抽了雪茄，因此打开了一个新的宇宙。

我每天必得享受一两根，又买了大量关于雪茄的书籍和杂志来研究。但始终碍于烟龄之浅，我很羡慕那些早已成为雪茄痴的人。

这么迟才起步，唯有乘直升机赶上。我从牙买加、古巴雪茄着手,来弥补失去的。我虽然知道名牌并不一定好,只知价钱而不懂得价值也属暴发户心态,但是雪茄并不像红酒那样能让你慢慢去"发现",又便宜又好的我已没有逐种尝试的余裕了。

雪茄和个人喜恶有很重大的关系,但最重要的还是比较。烟龄足够的话,可以由众多的雪茄中比较和挑选出来。我现在只知道我爱的是够香浓强烈的,这与我的个性有关。另外,雪茄需要配合身形,一个又矮又肥的人抽丘吉尔型号的话,非常滑稽。我身高六英尺,故选择了Cohiba Esplendidos(高希霸导师。烟圈号码47,178毫米长,Parjo型。Parjo在雪茄术语上是一根直长的,从头到尾都一样大小的烟)。

抽多了,就会发现此雪茄有时相当难吸,雪茄新出厂之故,烟叶多油,吸湿性强,偶尔还要弄一根捅雪茄的针(此种通雪茄器可在雪茄专卖店买到)来通一通它。

上等的雪茄,尾都是包密的,须用牙咬掉,但当今有很多剪尾的工具,有的是一个锋利的钢管,伸进去就能打出一个洞,有的人爱用断头台式的刀,有的人会用一把专剪雪茄的剪刀。剪小一点叫半剪,我则喜欢把尾部全剪掉(full cut)。我的方法和高希霸导师雪茄难吸也有关系,主要的是我认为这种剪法才够豪气。

我回到新加坡时,好友林润镐兄送了我一盒雪茄,说是字画收藏家刘作筹先生死时留下的。刘先生也是家父的好友，他很爱我，常给我看好东西，我记得他最爱抽雪茄，但不记得是什么牌子。那么富有的人，抽的一定是名牌吧？一看到那个盒子，虽说是古巴烟，但属杂牌，我拿了一根抽了。它很容易吸，一点也不呛喉，但那股烟丝是那么香浓，要我用文字形容的话，是根本不可能的事，只有亲自吸到它，才能知道什么叫好雪茄。

刘先生作古也有二十多年了，就算是新买的雪茄，也是陈年雪茄。陈年雪茄的好处，又是另一个世界。

在香港能找到卖陈年雪茄的地方并不多，到Davidoff（大卫杜夫）专卖店去，能买到该厂从古巴搬走之前的产品。这种产品已要卖到四五千港币一根了。

中环文华东方酒店隔壁有家叫Cigarro（思茄）的店，也卖陈年雪茄。我看到收藏了四五年的杂牌，卖得也不贵，但抽起来和新的没什么两样，要吸真正的陈年雪茄，当然不止这个价钱。

陈雪茄贵，倒不如自己贮藏，所以店里有一个很大的存放室，是以最适当的温度和湿度控制的。

客人可以付四五千港币的年费，租一个空柜来放雪茄，不然在店里买一个大雪茄箱，也能免费寄存。

该店经理谢健平介绍给我一本很厚的讲雪茄的书。"咦，为什么在书店里没看过？原来是新出版的。"书名叫《后革命时期哈瓦那雪茄插图版百科全书》（*An Illustrated Encyclopaedia of Post-Revolution Havana Cigars*）。

这么一本精美的且参考数据齐全的书，其作者原来是一位叫Min Ron Nee的香港人。

和别的书不同的是，它对陈年雪茄做了详细的分解，实在非常难得。我想外国的许多雪茄专家都要折服，如果选香港出版界那年最好的书的话，则非此书莫属。

至于什么才算是一根好雪茄，书中是这样分析的：

陈年雪茄是古巴雪茄最神秘和迷人的，烟味本身随着年份而改变，而这种改变至今还不完全能根据科学来了解。不像红酒，研究的书很多，甚至在哈瓦那都很难找到陈年雪茄的数据。铁定的事实是，像红酒的年份，一藏起来就是以数十年计，绝对不会有人说："把雪茄放在盒里面两三年，味道就好。"

在香港，抽陈年雪茄在作者祖父的年代就已盛行，香港人存放了一万到五万支是常事。

陈年雪茄要经过几个时期：一是生病期，二是第一次成熟期，三是第二次成熟期，四是第三次成熟期。

生病期是雪茄带了阿摩尼亚味，湿烟叶卷成的雪茄味还在发酵，产生浓厚的阿摩尼亚。经过四五年才能进入第一次成熟期，尼古丁的苦涩也逐渐消失。第二次成熟期经十至二十五年，烟中的丹宁酸已全分解。闻一根五十年的雪茄,和一根二十年的一比,就能产生一种叫作"飘然仙姿"的韵味,这是第三次成熟期了。

最过瘾的是读到作者的序:

……请注意这里发表的,纯粹是我个人的见解,当提到"大家一致的意见"或"众人认为如此",那都是我私人的印象和了解。这世界美好之处,是各人皆有不同的信仰、想法和喜恶。你的和我的不同,并不重要了。

香港藏龙卧虎,大家都能像Min Ron Nee一样将经验以书本留下的话,才对得起香港。

如何欣赏刀具？

短刀深深地吸引着我，那发亮的冷锋和鹿角的手柄发出热量，两者取得完美的平衡。

我对短刀的迷恋，也许是天生的，在胎儿时我已紧抓着拳头，掌内是空的，似乎是想握着一把短刀。

通常一把一边钝一边利的，才能叫为knife（短刀）。这是防御性的工具，在原始世界的树林中也可靠它为生。两边都是锋利的，则叫dagger（短剑或匕首），那是攻击性的玩意儿。dagger代表了刺杀和阴谋，我并不喜欢。

我这么一个和平的人，怎会爱上短刀呢？"我是不是心理变态？"我经常这么想。直到有一次和金庸先生去欧洲旅行，路经意大利米兰，女士们都去名店街买时装，我们两个人在街头那家卖刀的专卖店歇脚，他大买特买，自称是短刀迷。那时候我才知道我也是正常的。

从石器时代开始，人类就学会了制造短刀，用石头凿成刀的遗迹，至今在博物馆中还可以看到。著名的美国考古学家Errett Callahan（埃里特·卡拉汉）也是位爱好者，他常找石头制造仿古的石刀，很受因纽特人尊敬。

另一位石刀专家是Dunny Clay（邓尼·克莱），当今在佛罗里达的迪士尼乐园任职，他闲时制造石头短刀，又用牛骨做成刀鞘，精美到极点，有时也用长毛象的化石制刀，极具收藏价值。

美国的短刀业最为发达，可能是西部开拓时代遗下的精神，发明了很多折叠的短刀。这类短刀除了刀锋，还可以拉出几把钩子，用来清除塞在马蹄中的杂物。

所有制造枪械的工厂都出短刀，Remington（雷明顿）厂的款式最多，Winchester（温切斯特）的线条优美。前者生产的Barlow Knife（巴罗刀）被誉为"儿童的第一把刀"，但大人也会喜欢。Colt（科尔特）和Smith & Wesson（史密斯-威森）也有许多产品。

但大量生产的短刀始终不被当成艺术品看待，这一行也有大师级人物，作品皆有个性，一看就知道出于谁之手。被称为"摩登美国短刀工匠之父"的是William Scagel（威廉·斯卡格尔），他影响的后代众多。

John Russell（约翰·拉塞尔）做的短刀，刻着一个"R"字，中间穿了一支箭，很容易认出。内行人称他为"Daddy"。

名刀也不一定出自工匠，大英雄用的刀，也能万古流芳。像侠客Jim Bowie（吉姆·鲍伊）叫人专为他做的短刀，很长很大。上面有三分之一的部分是钝的，其他部分磨利，而且尖锋翘起，令敌人不寒而栗。从此，这类型的刀，都叫bowie knife（鲍伊刀）。

当然，巨大带锯齿的兰博刀Rambo Knife也出了名，但兰博始终是虚构人物，兰博刀并不受爱好者尊重。

生产最多短刀的厂是Bulk（布尔克），美国人一提到短刀，都叫成Bulk Knife（布尔克刀）。刀虽出名，但全无艺术价值可言，连传奇人物也拉不上关系。

我小时有一把德国刀，刀柄上刻着人类创造的各种工具，我非常喜欢。当年所有的货物，凡是德国的都是好的，日本的是代表坏的。这把德国刀保留至今，爸爸送我的这把刀，后来才知道是出自名厂Wingen（温根），他们生产的Othello（欧德罗）餐刀，当称餐刀一流。

Victorinox（维氏）的十字架牌子刀，没有什么人叫得出厂名，都以瑞士刀称之。一把刀中可以藏有数十种工具：剪、钻、尺、放大镜等，数之不清，最近还加了激光瞄准器。成长中的男孩都想要有一把。

至于法国乡下人每人都有一把的是折叠的Opinel刀，刃上刻有一个皇冠和一只手的标志。木头柄，刃与柄之间有个铁环，其旋转之后，可以防止刀锋叠折时伤到手，法国人吃长面包，都用它来切开。我们用刀，都是向外劈，欧洲人是向内切的。

拉丁美洲人最爱用的是蝴蝶刀，菲律宾人也是。刀柄由两块钢铁打成，双手相对打开之后就露出刀锋，但用者喜欢一手抓着一边的柄，舞弄一番才合上，非常花哨。

随着技术的进步，有许多带着几何形花纹的短刀出现，这是把钢线压扁之后磨成的结果。有的更是渗了钢和镍，打成有黑有白的刀锋，这种做法通称为Damascus（大马士革）。

短刀并不一定要实用，将刀锋和刀柄刻成艺术品的短刀，也有很多收藏者。纽约的珠宝商Barrett-Smythe（巴雷特·斯迈思）专做这种货色，我有过一把W.Osborne（W.奥斯本）打造刀锋，R.Skaggs（R.斯卡格斯）刻刀柄的Art Deco（装饰艺术）形的刀，但在搬家中遗失了。

我办公桌上有一把开信封刀，其被设计得极为简单，是把一块一边利一边钝的钢铁，中间一扭，前后皆可运用，是个得奖的作品，好处在于不能杀人。

最锋利的和永不生锈、不磨损的，又非常实用的是手术刀了，但其样子奇丑，又不吉祥，不为我所好。

男人爱刀、收藏刀的心理，就像是做一个永远长不大的孩子。这和女人喜欢洋娃娃一样吧？许多已经成熟的女人，看到她们的照片，其床头还是摆满洋娃娃的。

男人和女人最大的不同，是前者收藏短刀，只用作观赏，杀伤力不大；而女人却时常把洋娃娃从中撕开，看看它藏着的是怎样一颗心。

如何欣赏手杖？

我向往十八九世纪的绅士拿着手杖的日子，那时候的人已不提剑，用手杖当时尚，做出种种不同的道具，是优雅的生活方式。

手杖（walking stick），内地人称之为"拐杖"，要身体残缺时才用，这和我想象的差了十万八千里，故从不喜欢这个字眼。"龙杖"倒是可以接受的，像寿星公或龙太君用的那支，《魔戒》中甘道夫的也很好看，但都不是我要谈的。

自从倪匡兄因为过胖，要靠手杖支撑，我就每到一处，都想找一支来送他。我走遍古董店，不断地寻求。他用的怎可以是那种廉价的伸缩型手杖呢。

最初，我在东京帝国酒店的精品部看到一支，杖身是用漆涂的，玫瑰淌血般鲜红，表面光滑，美不胜收。我爱不释手，即刻买下。

送给他之后，他也喜欢得不得了，但是少用，是因为怕弄坏了或丢了，所以我得不断地寻求。终于有一天，在北京的琉璃厂看到一支花椒木的，中国人做手杖自古以来都用花椒木，说这种木材对身体好，我买下它是因为看到它的形状。

它的枝干四处发展，开权处刚好托手，杖头有角，像梅花鹿，真是有型有款。拿着它从古董店走出来，乘人力车经过的洋汉（外国人）看到，跷起拇指，大叫"Wow! Cool man, cool!"①。

从此，引起我对收藏手杖的兴趣，尤其是我自己也要用上，在做白内障手术前，我有一只眼睛看不清楚，察觉不到阶梯，像是把3D看成了2D的，就得靠手杖走路，我对此大叫过瘾，可以一天换一支来用了！

发掘手杖，要先从分类开始，有城市用的和乡村用的。城市用的可以分为两类：crook（曲柄杖），是支弯柄手杖，像雨伞那种；杖头前短后长，接连到其杖身的叫derby（德比），让人带到赛马场去。乡村用的多数是一支手把呈圆形或分叉的。种类多得不得了。

---

① 意为"哇！酷男人，酷！"。

derby手杖的手柄用银制的居多，其做成各种动物的形状，有鱼、鸭、狗、狐狸或狮子这些动物形象的纯银的头。看银子的重量，有些卖得极贵。

当然也有一拉开就变成一张小椅，杖尖可以插在草地上的手杖，那是有特别用处的，不值得收藏，还是带有趣味性的好。一谈起趣味性，我当然想到杖里剑的。我买过一支，剑锋呈三角形，一拔出来冷光四射，奈何不能拿上飞机。

有趣的还有扭开杖头，就是一个清理烟斗的器具的，也有一根是开瓶器的，另外可以掏出五粒骰子来玩。神探Poirot（波洛）用的那支的手柄可当望远镜，上网一查就能买到复制品。我买的那支杖身挖空了，可以放进三四个吸管形的玻璃瓶，装一瓶白兰地、一瓶威士忌和一瓶伏特加。

到哪里去买呢？世上最好的手杖店应该是在伦敦的New Oxford Street（新牛津街）五十三号的James Smith & Sons（詹姆斯·史密斯伞店）了，它从一八三〇年开始卖雨伞，当然也附带生产手杖，最为齐全，也负责替客人保养一世。

如今我常用的手杖，好几支都是一位网络好友送的，她知道我喜欢，从欧洲给我寄来。有一支是用黄花梨木做的，杖身很细，但坚硬无比，杖头用鹿角雕出，和黄花梨的接口联结得天衣无缝，非常优雅。

另一支杖头是圆形的，是用银打的，花纹极有品位；杖身的木头用的是snakewood（蛇纹木），是极罕见的木头，是在中美洲和南美洲发现的，其特征是分枝对称地长出，做出来的手杖有凸出来的粗粒，坚硬无比，又不会很重。

她最近寄来的那支，有个包薄皮的长方形木箱装住，打开一看，是用非洲的macassar（黑檀）做的，杖头用纯金打造，有62.8克重，刻有法国贵族的家纹，是一九二五年由当时的巴黎名家Gustave Keller（古斯塔夫·凯勒）设计的。

但并非每一支手杖都是名贵的，在雅典的古董铺中随便捡到一支样子普通的弯柄手杖，长度刚好，就用二十欧元买下。它陪我走遍欧洲各国，不见了又找回来，很有缘分，同行的朋友都在打赌它是用什么东西做的，有的说是藤，有的说是橄榄树枝，争辩不休，当时说回香港后找植物学家证实一下，至今尚未分晓。

值得一提的是我游俄罗斯时适逢冬天，我有先见之明，在大阪的大丸百货看到一个铁打的道具，它像捕兽器一样可以咬住杖身，下面有尖齿，让人在雪地上行走也不会滑倒。

我上次去首尔，找到一位当地著名的铜匠，我极喜他的作品，杯杯碗碗都是铜制的，用铜匙敲打一下，脆响声绵绵不绝。我介绍了许多团友光顾他的生意。出于感激，他问能为我做些什么。我当然要求他用铜替我做支手杖，不过他回答铜太重，还是不适宜,即刻跑去找他做木匠的朋友替我特制了一支。用的是白桦木,已经削皮磨白,中间那段还留着原木痕迹,手把做成一只鸭头,有两只眼睛,甚是可爱。

最后一支手杖还没到手。我刚从北海道的阿寒湖回来,那里有一位我最喜欢的木刻家,名叫泷口政满,他的作品布满鹤雅集团旗下的各家高级旅馆,我也买过他一只猫头鹰,也曾经写过一篇关于他的叫《木人》的文章讲他。这次又见面了,他高兴得很,又问能为我做什么。我当然又回答要手杖了,请他将杖头设计成他的作品《风与马》中那位少女飘起了长发的样子。他答应了。下个农历新年我还会带团去阿寒湖,到时我就能有一支独一无二的手杖了。

玩模型手枪的乐趣

早一阵子有人报警，说海运大厦六楼停车场有匪徒携带枪械出现，警察大为紧张，出动大批警员围捕，结果抓到几个嘴边无毛的小子，原来是他们在玩模型气枪游戏，照片拍到他们一个个趴在地上，双手被铐，也是足够的惩罚了。

为什么有那么多人喜欢玩具气枪呢？道理好简单，它们的外形和重量都非常像真枪。

装子弹入匣，上膛，射击，有的还能跳壳、反撞、自动上子弹，唯一不同只是射出来的是一颗圆圆的塑料子弹，名副其实地不伤大雅。

市面上的玩具手枪店不少，一些好于此道者，不管是小孩或大人，麇集购买讨论，其乐无穷。

模型枪都来自日本，大厂中有MGC、Maruzen（九善）、

Western Arms、Kokusai等家，各有它们的招牌货，最早的"枪王"是MGC出品的Smith & Wesson M645（**史密斯-韦森M645式手枪**）。所谓枪王，是指枪的器件不容易坏，射得又准的模型手枪。这把东西极受欢迎，但逐渐地，玩者认为它的气筒太小，子弹力度不够劲。

MGC继续出了第二代枪王Beretta M92F（**伯莱塔M92F手枪**），这支在《致命武器》中出尽风头的意大利手枪外形极美，射程远，准度高，成为模型手枪中销路最好的一款。

但是这两支枪王的缺点在于没有反弹上膛的真实感，又碍于子弹数目不够多。MGC有鉴于此，推出第三个高潮Glock 17（**格洛克17型手枪**）来。

这支由奥地利设计，以合成塑料作为造枪材料的武器，外形更容易仿模得和真枪一模一样，为了防止子弹匣中出现一个入气的洞口，厂家还造出遮掩式的气口，要推开匣底的硬片才能入气，枪口又藏得很深，不容易发现它小过实物，它的外形倒是完美的。此枪射击时枪膛反弹震动，增加真实感。原来的子弹匣可以装十五颗，但后备的长形子弹匣一装就是四十八颗，在互相射击的游戏中不必频频装子弹，有两个长形的子弹匣，便可玩个饱。

MGC又要推出新产品HKP7M13[①]，同样是blow back（反弹）上膛，但枪身小，玩起来应该不及格洛克的了。

Western Arms是一家新公司，主店在涩谷，由车站步行，只要五分钟就到达这里。店主是个中年人，热爱模型枪，和他聊起来，他一高兴，什么枪都算到最便宜的价钱卖给你。他们第一次出的是德军用的Walther P38（瓦尔特P38自动手枪），走的是高级路线，枪身重，准度高。第二次出的是S&W M6904（史密斯-韦森6904型手枪），已经可以装到二十颗子弹，但还是不能反弹上膛，近来这家公司买了电影《机器战警》（*Robocop*）设计的Full Auto（全自动）9的版权，制造成一支可以连射的手枪，在枪管底下装了电池，连射之余，还能不断地反弹上膛，子弹一装就是四十二颗，但一下子打完，买上两三个子弹匣更换射击。另一个新设计是把气体灌入产生烟雾的液体，射后烟雾朦胧。在至今之模型手枪中，是最高的境界了。

以上所述都是曲尺手枪，至于左轮手枪，谁能忘记《肮脏的哈里》中奇连伊士活（克林特·伊斯特伍德）的麦林（.44口径）？但是在模型气枪的构造中，气体由枪柄底装入，到达发射系统时已经减弱，威力是不足够的。Maruzen的新系左轮气枪，

[①] 为德国HKP7型手枪的衍生品。

把气直接入了子弹中，虽然每打一颗子弹就要装一次气，子弹数又最多只有六颗，但是如果你是一个左轮枪的爱好者，就不会嫌它麻烦了。

日本的气枪杂志主要的有 Gun 和 Combat，本港出版的也有好几册。《人枪集》最佳，印刷不惜工本，虽然数据性不比日本的，但是分量不逊他们，这本东西不定期，没有什么广告，很怕玩玩就玩完，祈求它继续出版下去。

美国的枪杂志中谈的当然是真枪，*Guns & Ammo*、*Hand Guns* 等在杂志摊上被卖到七八十港币一本，但是如果你以邮购订阅，每本只要一二十港币。

熟读枪杂志，你会对手枪的分解、自装子弹、弹药等做出深入的研究。因此成一门功夫，变成专家，其乐无穷。

爱好和平的人一定把你当成怪物，什么东西不喜欢，玩起枪来！他们还更进一步指责，说你有暴力倾向。

人类这种动物，谁没有暴力倾向？把这些潜在意识抒发于火爆的动作片和模型手枪，总比玩真刀真枪好，你说是吗？

无聊起来，在家里打打模型枪，更是驱逐寂寞的好办法。市面上出售一种网型的目标箱，插入画着圆圈的硬卡，射起来子弹打入网中，干净利落。另一种目标是一个圆牌，可以旋转，击中之后会做四十五度的旋转，连中数枪，目标会转三百六十度，表示你的眼光极准。最新型的是一个目标底层夹着厚塑料片的玩意儿,击中之后,子弹落在匣底,也不会掉得满地都是。

我虽然拥有上述的数个目标商品,但是还是喜欢到处乱打。左一枪右一枪,有时会将在尼泊尔买回来的小铜锣挂在墙上,击中之后铛的一声拉得长长的,既清脆又悦耳,至于遍地的小子弹,一颗一颗地弯着腰去拾起来。所以,我虽然中年发福,又不做运动,肚腩也不会大了起来,真过瘾。

坐飞机的乐趣

坐飞机，说什么还是乘东方人开的公司的飞机比较舒服，西方国家的这项服务，怎样也比不上我们来得细致。

名誉最好的是新加坡航空公司，他们常买新飞机，把旧的卖给印度等地方，又赚一笔。

搭星航，酒水和食物是公认的上乘之品，服务员不断地为你加添。但是，整架飞机中，空中少爷好像比空中小姐来得多，在电视广告里的"新加坡女郎"的美貌少见，代之的是笑融融的少男，应该是受女乘客欢迎的，男乘客也会喜欢，要是你有这方面的乐趣的话。

相反地，台湾"中华航空公司"充满了空中小姐，穿起旗袍来着实好看，但是她们的服务对鬼佬好一点，对自己人就差多了，这当然只是我个人的印象，并不代表大众。

有个时期，传说空中小姐都是高干的子女，要不然不能保证她不会协助劫机者飞到大陆。高干子女服务态度散漫、"狗眼看人低"等恶评如潮，但我相信事实已非如此。台湾经济高飞，谁肯去做空中女侍应？

我亲身的经验是吃饭时只有鸡和虾两种选择，客人要虾没有，我去洗手间时经过，看见她们在吃虾。

还有，"华航"的报纸和杂志读物比其他航空公司的都少，只有几份薄薄的报纸罢了，杂志以机内刊物《华光》为主，另外有《读者文摘》中文版等，非常贫乏。与旧时美好的 *Cat* 有天渊之别，令人怀念从前。

好处是"华航"的长程航线中，早餐有粥吃，这是别的公司没有的服务，而且飞东京时降落在羽田机场，可以避过成田机场的长途奔波。

很多朋友喜欢日航，我对其却没什么好印象，觉得其空中小姐虽然都礼貌周到，但假得出奇，便成了冷冰冰。吃是好的，尤其在由美国飞东京那一程。要是你叫日餐，不但种类丰富，连食器也讲究。汤碗见底中的花纹和浮在表面的葱等，简直像一幅绘画的构图，充分表现他们饮食的文化，看得鬼佬连连低叹。

没有什么人爱乘美国机，其空中小姐有工会支持，不容易被炒鱿鱼，所以小姐渐渐地步入中年，变成太太，再由太太变为老太婆。酒水的供应并不高级，美国人不懂什么叫"XO"的居多，连航空公司的老板也不例外。

现在联合航空飞东南亚的线路上，用了很多新加坡的服务员，令人有坐了新航的错觉，我最爱乘他们深夜抵达星洲（新加坡）的线路，一大早又飞回香港，节省了不少时间，食物和服务的好坏已不重要。

英航的广告有一个端庄、亲切的服务员，但亲自一乘，空中小姐与泛美航空公司的一样老，亲切倒是亲切的，一切中规中矩，准时是它最大的优点。

另一家英国的航空公司名叫"处女"（Virgin），它就好玩得多。它标榜着"快乐航线"（Fun Airline）的字号，飞机头画着穿比基尼的横卧美女，像第二次世界大战轰炸机的标志，它只有两个等级：upper class（高级人士）和middle class（中层人士）。航机中不断地播送MTV音乐，空中小姐年轻，穿着随心，摇摇摆摆地招待客人暴食暴饮。

西班牙的伊比利亚（Iberia）航空也很友善，其红酒是一流的，空中小姐态度轻松，当工作是乐趣。她们抽起烟来，比客人还要凶狠。她们多数来自南部的安达卢西亚地区，热情得很，如果她们要在欧洲的另一个都市停一夜，又和你谈得来的话，有时会主动约你吃晚饭。

南斯拉夫航空的小姐多数高大，看起来古古板板的，说她们是高干子弟的话，我绝对相信，在南斯拉夫没有裙带关系，也难找到空中小姐一般所谓高尚的职业。

广告中，瑞士航空公司的食品一盘盘地排列，打着吃得最好的招牌，坐过之后发觉名副其实，食物确实丰富，只是不大合东方人的胃口。

说到吃，以为印度航空公司一定有好咖喱。但有一次乘坐，看菜单只有鱼和牛肉两种选择，还是西餐的做法，一点也不辣。

服务和吃皆佳的是泰国航空，泰国女人的温柔体贴是传统的，她们对招待客人的亲切态度是自然的，毫无自卑感或自大狂。香槟是用最好的那个牌子，不像别的航空公司用酸得穿肠的次货。每一次坐泰航，我都没失望过，可惜他们的航线和班次都不多。

坐过沙特阿拉伯的航机，有咖喱吃，酒也不错，服务更没话说，只是四周乘客个个长得像侯赛因，有一种他们随时能拿出手榴弹、机关枪的感觉。

如果你问我最喜欢坐哪一家的飞机，我的首选还是国泰。

也许是因为香港是个国际性的都市，国泰航空像是无处不飞，最近还开了一条到南非的航线。

国泰的服务像香港人一样，效率极高，干净利落，没有什么假动作，起飞、着陆四平八稳，尤其是飞回香港，国泰机长最为拿手。

吃喝方面，它曾得到最佳机内食的奖状，但近来全球性经济不振，已差了一点。

我最高兴看到的是国泰的报纸和杂志，报纸有《明报》《东方日报》《信报》《成报》《星岛日报》，杂志有《明报周刊》和《壹周刊》。外国去久了，回香港时乘坐国泰，第一件事就是拿它的报纸和杂志狼吞虎咽地阅读，那种乐趣非笔墨能够形容。

如何交到志趣相投的朋友？

约好黎明谈新戏的剧本，是一部时装动作片，选在什么地点？咖啡室？餐厅？最后还是决定在新田军营的练靶场，我们要拍的电影中枪战场面甚多，有什么好过一面烧枪一面讲剧情的呢？

做大城市的人真幸福，要什么有什么，城市越是繁华进步，人的自由度就越大。香港有个鲜为人知的组织，叫"枪友会"，主席是叫何孟强的年轻人，而总秘书是研究枪械数十年的高手黄满树，在他们的特别安排之下，今天的练靶场只供黎明和我玩赏。

何孟强本人是位发烧友，他一带就带了三十几支手枪，装在两个长形的来复枪（*膛线步枪*）箱子里，载到靶场，我们都开玩笑说装在吉他箱中，更有型。

黎明在外国开演唱会时,一有空便去练靶打真枪,所以对枪械也很熟悉。从那堆手枪中,他挑选了史密斯-韦森Model 411曲尺(.40口径)。我则首选同公司出产的M29麦南(马格南)左轮(.44口径)。

界限就这么分开了,自古以来,爱枪者一直有喜欢曲尺或左轮之争,前者嫌左轮笨重,而且只能装六颗子弹;后者讨厌曲尺常在退子弹壳时闹故障,就算装十几颗子弹也没用。

我向专家黄满树求证,他带着轻松的口吻说:"练练靶无所谓,做坏事的人还是用左轮好。"

"这话怎么说?"黎明好奇。

黄先生娓娓道来:"现场证据中,大家都以为子弹头是最重要的,因为有来复线(膛线)可查,容易破案,但是子弹头一经撞击,多数扁了或被撞碎了,去哪里查来复线呢?其实最可靠的证据还是来自曲尺跳出来的子弹壳,由枪膛弹出来时一定会刮出几道痕来,而且开枪后壳底撞针撞过的位置都不同,便能以此鉴定是哪支枪打出的。左轮就不会惹这种毛病,打完子弹,把子弹壳装在袋里拿回家,哪像曲尺那样撒得通街就是屎?"

大家听了都点点头,说有道理。

开始烧枪了,我们从口径最小的手枪打起,本来最小口径是.22的,但今天带来的子弹是.380ACP,算是最弱的,我们试的是"007"爱用的Walther PPK（瓦尔特PPK手枪），这支玲珑的手枪容易携带，可鬼佬手大，嫌枪柄太短，但是给我们东方人用是最适合的了，这支枪可以装六颗子弹，新型的PPK/S[①]则可以装到七颗，我们一连串地打完，其反撞力不强，声音也不大，可能是我们都戴了耳罩的缘故。

黎明很懂得规矩，拿起曲尺，先退下子弹夹，再拉开枪膛，观察里面是不是空的。初学者以为退下子弹夹便安全，其实，曲尺因其构造问题，可能会留下一颗子弹在枪膛中，那便要闯祸了。黎明就算拿着空枪，也永远不将枪口对着人，黄满树先生赞他有大将之风。

靶子是一个穿着纳粹党军服的坏蛋，黎明用大口径（.40口径）的曲尺打靶时，都打得高过中心点，黄先生解释道这并不是不准，每把枪的瞄准器都有偏差，所以爱枪的人都有他们自用的武器，方能作准。

这一说，李君夏打在人靶下面，得到一个"轰下"的英名，这可不能怪他，而是用了不习惯的枪。不过他在握左轮的时候用双手，左手抵着子弹轮，不合常识，可见他疏于此道已久。

我们继续烧枪，由西部赌徒用的双子弹Derringer（德林

[①] 为瓦尔特PPK手枪的衍生品。

格）一直到全世界口径最大的以色列军用自动手枪Desert Eagle（沙漠之鹰，.50口径）。

这支像魔鬼一般的大型手枪，反撞力极大，但是比起辣手神探肮脏的哈里用的麦南，还是麦南厉害，其反撞力应该是天下无双的吧。

渐渐地，我们看到黎明的右手拇指和食指后面的那个部分越来越红，最后还流出血来，我这才了解原来武侠小说中所说的震到虎口流血，真是有那么一回事。

问他痛不痛，黎明摇头，或许是在紧张刺激之下没有痛楚的感觉吧。他很守礼貌地把掉在地上的子弹壳拾起扔在铁桶中，大型蒸馏水的罐子那么大的铁桶，已装满一桶。

黎明调皮地说打靶子不够过瘾，来个比赛，说完把汽水放在沙场中，要我选武器，因为左轮的反撞力没有曲尺那么大，他说不准选左轮，自己挑了他最惯用的那支411，我则要所谓"黑星"，多加列夫（托卡列夫）的苏制曲尺枪。此枪的反撞力较小，回头看看专家黄先生，他点头赞许，黎明即刻说每人用同支枪打五枪才算数，只好依他。

在三十米外，一共有一百五十个汽水罐，也不好打，我们都打在罐子的附近了，差那么一点点，还是没打中，最后我建议用

Heckler & Koch[①]的P9S手枪，因为它的瞄准器上，枪头的准星和枪后的双点凹器上有白色的记号，较普通枪好用。黎明赞同，一枪打出，罐子爆裂，汽水四处飞喷，煞是好看。

谈到"黑星"，黎明问："枪战的现场，为什么拾到的子弹一颗是壳，一颗是实弹呢？"

黄满树笑着说："那是内地人不懂得用曲尺。看过电影之后，他们以为开枪之前一定把枪膛的滑机拉一拉才能打出子弹，不知道它会自动上膛，所以便留下一颗弹壳和一颗实弹啰！"

---

① 枪械制造公司黑克勒-科赫。

抽雪茄的乐趣

男人抽起雪茄的样子,是天下最好看的。对懂得欣赏的旁观者来说,这简直是种视觉的享受。而且燃烧中的雪茄烟,比任何男性化妆品都要醇厚和香郁。能够与雪茄匹敌的,只剩下陈年佳酿的白兰地。

对抽雪茄本人,除了味觉,还有充满自信的成就感。你如果担心烟味会弄臭友人的客厅,或自己家中卧室,那你已经没有资格抽雪茄了。试想,谁会怪丘吉尔呢?

抽雪茄的第一个条件是拥有控制时间和局面的自由。

拼命吸啜,怕雪茄熄灭,已犯大忌。

紧张地弹掉烟灰,更显得小家子气。应该让烟灰烧成长条,看看它是否均匀,即能观察这根雪茄是不是名厂精心炮制的。像水果一样,烟灰熟透了便会在适当的时候掉入烟灰缸中。

最基本的，还是把每一口烟留在口中慢慢玩赏，多贵的雪茄也有不吸啜的过程，看看袅袅的长烟，浪费雪茄，也浪费时光，天塌下来当被盖，便自然地培养了抽雪茄的气质。

错误的观念是：会抽雪茄的人，雪茄一定不会熄灭。所以像抽香烟一样地深吸，赶着见阎王似的把整根雪茄抽完，口水弄得雪茄像泡渍黄瓜，喉咙似被济众水浸过，脸上发青，咳得头脑爆裂，真是可怜。

雪茄熄了就让它熄了嘛，有什么规矩说它不能熄灭的？熄后重燃，会增加尼古丁的传说也是骗人的，没有科学证据。熄灭后的雪茄，轻轻地拍掉多余的烟灰，再用长条火柴转动燃烧，这样的话，不用一面点一面吸，雪茄也会重新点着，只要不是隔夜，味道不减退。

温斯顿·丘吉尔曾经取笑他一个儿女成群的手下说：雪茄的味道固然好，但也不能老插在嘴里。

丘吉尔抽的是什么雪茄呢？当然是哈瓦那雪茄了。至于是哪一种牌子，当年名厂纷纷送他雪茄，大家都说是他们的那一种，但是可靠的还是"罗密欧与朱丽叶"吧。他们的七英寸[①]雪茄就叫丘吉尔。后来其他名厂也跟着把这个尺寸的雪茄称为丘吉尔，

---

① 英美制长度单位。1英寸合2.54厘米。

将其当成长雪茄的代名词。中年人发福后抽丘吉尔才像样,清瘦的年轻人就招摇过市了。女人抽细长的雪茄也很好看。

一根"罗密欧与朱丽叶"的丘吉尔,点点抽抽,熄后再燃,可吸上两个小时以上,只卖九十五港币,不能说是过分奢侈。

一般雪茄包装,通常是二十五根一盒。贵雪茄之中,有以小说《基度山恩仇记》的主角为名的Montecristo(蒙特克里斯托),一盒要卖到六千港币,每根二百四十港币。Cohiba出的Esplendidos的售价为四千九百五十港币一盒。又老又忠实的"罗密欧与朱丽叶"的售价则是两千三百七十五港币一盒。

但是便宜的菲律宾雪茄也不少,荷兰做的亦不贵。虽说丰俭由人,但是要达到抽雪茄的境界,则非古巴的哈瓦那莫属。

谈到菲律宾雪茄,有种两根交叉卷在一起的,我起初不懂其奥妙,后来看到赶马车的车夫,手握缰,一手抓鞭,偶尔把鞭子放下,抽抽挂在面前绳子上的弯曲雪茄,才明白它的道理。

美国电影里抽雪茄的场面中,大亨选了一根,靠在耳边捏捏后转动听听,然后点来抽。这根本就是在演戏,这么做只能破坏雪茄的组织吧,所以我们千万别在人家面前做出这种丑态。

至于保留雪茄的招牌纸环是不是过于炫耀呢?其实不然。撕去也不会加强烟味。它是拢着雪茄组织的一分子，要撕掉也要等将雪茄抽剩三分之一。我们对付很难撕开的雪茄招牌纸环，只要用手指点一点白兰地，浸湿纸环糊住的部分，即能顺利剥掉。最佳玩法是小心地剥下来，套在女伴的无名指上，跟她说："要是没有相见恨晚这回事……"女人当然知道你在吃豆腐，但她绝对不会在心里说："哼，你用这么低贱的东西来骗我！"她只会痴痴地笑。

到高级西餐厅去，饭后侍者总会奉上一盒雪茄，让你挑选。别以为名牌的就是最适合自己胃口的。我们先看看卷叶的颜色：颜色分为claro（浅棕色）、colorado（深棕色）、colorado claro（纯棕色）和maduro（黑色）。棕色较辣，黑色较甜，其他颜色属于甜和辣之间。

挑选之后，你有权利轻轻地按按烟身，看看它是不是像少女的肌肤一样地结实而充满弹力。若似老太婆一般僵硬，尽管退货。

有人喜欢随手把雪茄放入白兰地中浸一浸再抽，这一下又露出马脚，只会破坏好雪茄的味道，对它是十分不尊敬的。

一般，雪茄像白兰地，越陈越醇，经过五年到七年的发酵过程的雪茄最好抽。在市面上的，是在原厂中藏了两年之后才拿出来卖的，已很过得去了。要是你坚持要收藏到五年后才抽，那得用一个保持一定温度和湿度的贮藏箱盛之，数万到数十万一根不出奇。不过到了这个阶段，你已经不是雪茄的主人，而是它的奴隶。照照镜子，也像一个。当然，做雪茄的奴隶，是做得的。

没有茶具,如何享受茶?

要出远门,当然要准备好茶叶,至于要不要带个茶盅,我犹豫了一阵子。

"拿个蓝花米通①去吧。"茶叶铺的老板陈先生说,"这种茶盅随时可以买到,打破了也不可惜。"

对惯于旅行的人,行李中的每一件物品都计算过,判断是必需,方携之。沏茶总不会是个问题吧?最后决定,还是放弃了茶盅。

这一来可好,往后的一些日子,这个决定带来许多麻烦,但也有无尽的乐趣。

到达墨西哥,第一件事便是找滚水。我的天,当地人根本就

---

① 即青花玲珑瓷。

不喜欢喝茶,只爱咖啡。咖啡并非冲的,而是煮的,一锅锅地炮制,便没有多余的滚水了。

滚水的西班牙语是"agua caliente","水热"的意思。拼命向人家要"水热""水热"。他们不知道我要"水热"干什么,结果也依了我,跑到厨房去生火,他们没有水壶或水煲,用个煮汤用的锅子,把水煮沸了交给我。

拿热水到房间,把茶叶撒进去,根本谈不上沏茶,简直是煮茶,真是暴殄天物。

对着这锅茶怎么办?也不能把嘴唇靠近锅边喝,会烫死人,只有倒入水杯。"嘣"的一声,玻璃杯破了,差点把手割伤。

第二天忍不住去买了个原始型电水壶,此种简单的电器,墨西哥卖得真贵,售价是三百六十港币。

有了电水壶没有茶壶怎么办?这次不敢直接冲滚水入玻璃杯,但也不能将茶叶扔进电水壶里呀!

想个半天,有了。我从行李中拿出一个小热水瓶来,这是我出外景必备的工具。因为有一次在冰天雪地的韩国雪岳山中,梳妆师傅细彭姑爬上雪山时还带着个热水瓶,我嫌她累赘,想不到拍到一半,快冻僵时,她由热水瓶中倒出一杯铁观音来给我,令我感动不已。从此之后,我向她学习,每到外景地前沏好一壶茶,让最勤劳的工作人员欣赏欣赏。

把茶叶放进热水瓶,再将滚水倒进去,用牙刷柄隔茶叶,第一泡倒掉,再次注入热水。

沏出来的茶很浓,好在用的是普洱,要是铁观音就太苦涩了。饮用时倒进杯中,茶叶渣跟着冲出来,半杯茶半杯叶,我也只有闭着眼睛喝了。

演员跟着来了。先是黎明把我的电热水壶借去泡公仔面。还给我时,叶玉卿又来借走。这一借,不回头,我也不好意思为了一个小热水壶和人家翻脸,算了,另想办法。

走过一家手工艺品商店,哈哈,让我找到了一个茶壶,画着古印第安人笔下抽象的蓝花,很是悦目,即刻买下来。

再到超级市场去进货,想多买一个热水壶,但是早被香港来的工作人员一下子买光。小镇上,再也难找。

索性全副武装,购入一个电炉,再买个铁底瓷面的锅子,一方面可以煮沸水,一方面又能煮食。

回到小房间,却找不到插头:灯是壁灯,电风扇挂在天花板上,只有洗手间中那个插电动刮胡刀子的能够勉强使用。

水快沸,心中大乐,这次只许成功不许失败,把茶叶装入茶壶,注入滚水。

准备茶杯,倒茶进去。又是一杯半杯茶叶半杯水的茶。原来买的是咖啡壶而不是茶壶,注水口大,没有东西隔着,所以有此现象。

经过几番折腾，后悔当初没把那个茶盅带来，中国人发明的茶盅实在简单方便实用，到现在才知道它的好处。

终于，在五金铺中指手画脚，硬要他们卖给我一小方块铁纱，店员干脆说："不要钱，送给你。"

我老大欢喜地把那片铁纱拿回酒店，贴在咖啡壶内的注水口上，这一来，才真正地享受到一杯好茶。

在没有喝茶习惯的国家，我遭了好些罪。上次在西班牙，我向他们要滚水的时候，他们把有气的矿泉水煮给我，泡出来的茶有股阿摩尼亚味，恐怖至极。

之后，我不要求什么铁观音、普洱，只要有立顿黄色茶包已很满足。没有滚水？好，要杯咖啡，再把三个茶包扔进去浸，来杯鸳鸯算了。

我们这次的外景，最大享受是回到旅馆，每个人都把他们的临时泡茶工具拿出来，你沏一杯，我沏一杯，什么茶都不要紧，只要不是咖啡就行。喝入口，感觉比喝陈年白兰地更加美味。

日本的茶道，那不过是依陆羽的《茶经》去做，很多人骂他们只注重仪式，但也是优闲生活的一个方法呀！台湾人冲工夫茶更是越来越繁复，先用一支竹夹子把小茶盅中的茶叶夹出来，再来个小竹筒盛新茶，沏后倒入一大杯，再注入几小杯，把空杯闻了一闻，再喝茶。说什么这才是真正的茶道，他们看轻日本和中国香港的喝茶方式，认为中国台湾产的冻顶乌龙，才真正叫作茶。

茶，要是一定那么喝，已失去茶的意思。

茶，是用来解渴的，用什么方式，都不应该介意和歧视。在没有任何沏茶工具的情况下做出来的茶，才能进入最高的境界。

手表的乐趣

你们有没有注意到，手表的广告愈来愈多？

我们已经忘记了其实用性。手表现在是一个身份的象征，一张名牌。手伸出来，露出的表代表了你已经赚到钱，这是劳力士的开始。当今还有很多国家深信劳力士手表的魅力，内地卖表的流行榜上，那五根火柴的商标，还是占据首位。

发明了石英表之后，手表已愈来愈便宜，几十港币就能买到一块又准又漂亮的，但没有字号，无人问津的表。

名表有价，二手货也有人要，说可以保值，也有许多人投资。这无可厚非，红酒和雪茄要保养不易，对比之下，手表最方便。况且，怎么说，手表也比那一叠丑陋的证券来得漂亮。但说得这么好，也只限于机械表，石英表免问。

我已经是超过了用手表来显示自己的阶段，回归纯朴自然。

手表，当然要以实用为主，像我这种到处飞的人，半夜三更起来，第一件事就是看表。

漆黑中，让我看得最清楚的是Ball（波尔）表，它有来自瑞士自体发光的微型气灯，比普通的磷质夜光表要亮几十倍。

随着岁月更迭，我的老花程度愈来愈重，从前设计的波尔表，长短针虽亮，但有时我还是会把分针看为时针或相反。

我一直想要一个夜光更强的，到最近才给我找到波尔的"Fireman Night Train（战火勇士系列）"，具体型号是NM1092C-P1B-BK。一般的波尔表只有二十个气灯，这一只全身黑色，指针和时刻符号上，共镶嵌了六十三支自体发光的微型气灯，比以往的表亮出许多倍。哈，这下子不得了了，它在黑夜里亮得可以用来照身边人的俏脸。

问题出在表链，我一直喜欢用懒人的弹弓带，只有银色，这怎么能去配一个全黑的表呢？结果，我在画具箱中找出丙烯油漆，给带涂上了黑色，结果表和带都全黑，漂亮得很，我爱不释手。

再谈手杖

此趟巴黎之行，我最大的收获莫过于买手杖了，我的收藏大致来自伦敦的James Smith & Sons、京都的手杖屋和东京的Takagen。

以为意大利会有很多，结果找遍罗马和米兰都不见手杖专卖店。从前去了巴黎多次，可那时还是对手杖没有兴趣的年代，这回去了，才大开眼界。

友人庄田在巴黎学做甜品，知道我喜欢，一直在专卖古董的市场中找手杖送我，这回刚好古董市场没有营业，我们找到一家叫Galerie Jantzen（加莱里·詹特森）的店，一走进去，俨如进入一间手杖的博物馆。

店里只有一位妇人经营，最初大家不熟，都有个距离，后来一谈起来，即刻知道是可以互相沟通的，Chloe Jantzen（克洛艾·詹特森）将柜中的大抽屉一层一层拉出来，每层上百支手杖，应有尽有。

首先，决定自己想要的是哪种类型的，手杖当然分粗大一类的绅士用的，和细小的淑女用的，但小的男人也有用的，那是拿来装饰的，不是实用。有的手杖是用鲸鱼须做的，不说的话真的看不出是用什么做的。

在手杖最盛行的十九世纪末二十世纪初时，男人一天要换三支手杖，早上用全木手杖散步，傍晚用银质杖头的，到了晚宴，用手柄是黄金打造的。

从埃及的Tutenkhamon（图坦卡蒙）、英王亨利八世、法皇路易十三，到拿破仑，美国总统华盛顿，大家都喜欢。贵族和平民也紧跟这种潮流。各式各样的手杖一一出现，种类多得数不清。

早年，妇女们用的大多是《十四女英豪》中的老太君用的龙杖，与身齐高，那也许只是一根普普通通的木棍，但我们从原始人类开始就喜欢做一些与众不同的工具，艺术由此产生。

最先想到的当然是饮食，手杖一摊开，变成一张小桌子，从中取出刀叉、酒壶、杯子来。开餐酒塞子的也不能缺少，已有成千上万的种类。奇妙的是有的杖头可以变成胡椒粉壶口，另一支伸出尖刺，可以采树上的果实。

吃得太饱,就要运动,有单车气泵的手杖,有高尔夫球棍的已太普通。我们从杖中可以取出马鞭策骑,也可以取出一张网来捕捉蝴蝶。

钓鱼的工具更多了,各种鱼钩、鱼叉、渔网。打猎的不少,当然包括铅弹枪和气枪,枪类手杖数之不尽,刀种的更是不少。但这些手杖都已经是武器,拿着不能通过海关,都已经不在我收藏的范围内了。

现阶段,也许座类的手杖对我更有用,打开后是张三角形的椅子的最普通,也有圆形的,左右打开成一张长方形的椅子,还有一张打开后是中空的,让屁股有毛病的人坐。

城市绅士用的选择最多,常见的有一个精美的名牌袋表装在杖头上的,也有原始日晷手杖,还有吸烟工具的手杖,放香烟的、雪茄的、烟丝的、鼻烟壶的,还有变成烟筒或烟斗的,里面当然还有放打火机的。我看中了一个朗臣的。

望远镜形的,我已有神探波洛用的那支,但店里藏的精美的更多,有的也可以当成万花筒来玩。我喜欢的一支是有双眼镜、单眼镜和放大镜三位合体的镶金手杖,但已出售,我还关照老板娘替我再找。

摄影机手杖也有不少,也有可以抽出三脚架的,有一支不是用来摄影的,一窥之下,才知道里面都是春宫图,还是当年的绅士会玩。

八音盒手杖的售价不得了，而且每一支都是良好状态，打开后能奏出各种名曲。小提琴手杖、吉他手杖、笛子手杖和箫手杖……有一支手杖一抽出来是个铁架，是给指挥用来放乐谱的。

还是烛光手杖好玩，里面有火柴、蜡烛、反光器、手电筒。说到好玩，带游戏的手杖最多，骰子、多米诺骨牌、飞镖、吹镖、桌球棍等。

还是和我职业有关的有趣，棍子里藏有稿纸、钢笔和墨水，另一支大的，其整支是铅笔。最精美的有杖筒中可以抽出整套的水彩画具。淑女的有扇子、化妆箱、香水壶等。偏门一点的，有带采矿石凿子的手杖。

我已经买了又买，但要怎么装回香港呢？上次选了一支RIMOWA（日默瓦）的，本来用来做吉他的改装，但我嫌太重。Chloe的妈妈这时走进店里，原来她才是专家中的专家，马上回答："用一个塑料的好了，很轻，是用来装打猎的双筒枪用的。"

她妈妈的名字是Laurence Jantzen（劳伦斯·詹特森），还送了我一本她写的手杖书，叫 *Les Cannes d'Art Populaire*，我才发现店里的手杖书不少，买了又买，Chloe说："花那么多钱买书，好还是不好？"

"专门知识的书，能找到，已很便宜。"我回答。

我走出店外，母女两人相送，她们用了《北非谍影》中的一句对白："我相信，这是一段美好友谊的开始。"

如何选择床？

床，人生中最常用的，但最不受中国人重视，以为拥有它是理所当然的，和白米饭一样。

一生劳碌，为生活奔波，人总是要求一天活得比一天更好。安定了下来，第一件可以展现自己的成就的事是一只劳力士手表，第二件事是买一辆奔驰汽车，第三件事是有一间房子。至于床，没有人重视，也不知道什么是最好的，我们对名床牌子的概念是模糊的。

这张我们要花生命中三分之一时间用的用具，怎么可以不去研究，实在是令人贻笑大方。

穷的时候睡木板床，有了能力就买一张海绵垫，但都是化学品做的，睡得床底积一摊水。可能是中国人天生硬骨头，什么都是硬的最好吧。为什么我们一天劳动下来，不能睡在一张又软又舒服的床上呢?

看电影,美国乡下的老夫老妻,都是睡在同一张床上的。这是多么不文明,各人的生活习惯不同,到了某个阶段应该再也不会互相容忍,觉得分床睡才是理所当然的。一向说的是美金有保障,情人是法国的,而屋子则是英国的最好。为什么最好?因为英国人不但分床睡,而且睡室也是个别的,才算最高享受。

大不列颠帝国不落日,当年的英国对生活的要求最高,他们要睡一张最好的床,而什么床比得上皇室睡的呢?

每一种英国皇室用品都有一个英国皇家徽章——一只狮子和一匹骏马,它们拥抱着一个盾牌,下面写着一句"By Appointment to His/ Her Majesty"(由国王/女王陛下任命),这是信心的保证,而得到这种牌子的东西已越来越少,每年还要重新检验,不合格就会被摘下来。

Hypnos(许普诺)公司于一九〇四年成立,先皇乔治五世爱用,后来当今的英国女皇一直睡这家公司的产品,当然每一张床都是人工手制的,用料全天然,是非常环保的。

床垫是用马尾毛编制的,这样一来才可以通风,里面的毛、绵皆为最高级的,而弹簧更是分别的几层,务使做到最完美为止,睡在上面,就会感觉像被云层包裹那么舒服。

但是买这种床,单单是用手按按,是不知道它的价值的,该公司鼓励客人多睡几次,并欢迎大家去试睡,睡到你感觉到它的价值方才购买。

最初接触这张床,我当然是像个乡巴佬一样不懂其中乐趣,第一次让我喜欢的是它能升降的功能,对我这个爱在床上看书的人,的确是最大的享受。

其实,医院中的床也有这种功能,但是睡在这种床上总有生病的感觉,心理上是极为反感的。唯有这一类的高级产品,才能又有此项功能,还有完全脱离病床的感觉。

大一点的床可分两边睡,就算夫妻共睡,也可以不影响对方的生活习惯。另一种好处是它设有按摩功能,就像把一张电动按摩椅搬到床上一样,震呀,震呀,也就一下子入眠了。还有另一种功能,那就是不但头部位置能升起,下面脚部的位置也同样可以升降,舒服无比。

当然,你年轻的时候并不需要这种享受,当年一上床就做传宗接代的事,然后即刻倒头就睡,哪管得了那么多呢!这种床是要等到你到处都可以打瞌睡,在看电视时的沙发、看书的安乐摇摇椅上坐久了都想睡,但一看到床就睡不了的这个阶段,你就会知道,你已经需要一张好床了。

现在,我们对生活质素的要求已经提高,去酒店也可以选择枕头的软硬，好的旅馆有十几个枕头让你去试，但是床始终就是那么一张，最多能够要求加几层床垫，要是你想睡更硬的，那就只有睡地板了。

随着生活水平的提高，某些经验也逐渐减少，早年的藤席在没有冷气时睡起来是多么地清凉。大块木板铺在凳上，光身不盖被，在露天下睡个大觉的经验，也已失去。

还有那讨厌的蚊子，一直干扰着我们的清梦，早年吊起蚊帐，整个人躲在里面，就像进入母亲的胎盘，也是一种极大的享受，当今俱往矣。

这么多年来，我什么床都睡过，令我记忆犹新的是日本的榻榻米，至今住温泉旅馆时还有这种享受。榻榻米上面的床不叫床，叫futon（日式沙发床），是睡觉之前才铺的，说硬不硬，说软不软，是一种全新的体验。到了夏天，旁边会有一盏小灯，烧了一圈蚊香，再来一壶冰水，那是夏天睡榻榻米的配置。到了冬天，那张被极厚，但也不会觉得重，舒服得很。

而今，看到这张日式沙发床已有点犹豫，因为年老骨头硬，睡在地上要爬起来时，还是得花力气的，所以好的温泉旅馆中有两种睡具，西式的床和日式榻榻米，任君选择。

睡在这张天下最好的床之一——许普诺上，只有一种遗憾，那就是为什么不早点有这种能力，买一张给自己的父母当礼物。

187

而一早有钱的人,很少会买这张床孝敬双亲,他们连自己也舍不得睡。

买一张高级的床,的确比买一副贵棺材好。

抽烟的乐趣

我们一家除了姐姐都抽烟，哥哥吸了一阵子之后戒掉了，他也是全家最早走的，父母都吸到七老八老，我和弟弟两人也一直抽到现在。支气管毛病是一定有的，大家都说早点改掉这个坏习惯，但说归说，我们至今还在吞云吐雾。

我第一口吸的烟是偷的妈妈的，她抽得很凶，烟是美国大兵喜欢的土耳其系烟叶Lucky Strike（好彩），我从中学起学习，向最浓的烟吸，这个教育算是不错的。

爸爸抽的烟较为文雅，是英国弗吉尼亚的"555"和Garrett（加勒特）等，打仗时物资贫乏，他也抽"黑猫"和"海盗"。

早年抽烟根本不是什么坏事，还会得个流行，好莱坞片中的男女主角你一根我一根，有时男的还一次点两根，一根送给女朋友吸，一根自己吸。

我抽烟虽说是父母教的，但影响得最深的还是占士甸（詹姆斯·迪恩），他在 Rebel Without a Cause（《无因的反叛》）中的形象实在令人向往，没有一个人抽得像他那么有型有款，不学他抽根本不入流。

接着，我去日本留学了，半工半读，当时自己是个苦行僧，抽的当然不是什么贵价的舶来品，能买到最便宜的就买最便宜的。

廉价的是种黄色包的IKOI（伊柯伊），一包四十日元，连玻璃胶纸也省了，因为我一直吸美国土耳其系的烟叶，这牌子的也渗了一点，抽起来味道较为接近，反而就抽不惯那些用了英国弗吉尼亚烟叶，贵一点的Peace（和平）和Hope（希望）。

同样便宜的是绿色纸包装的Golden Bat（金蝙蝠），味道相当难以接受，但这种烟在当年抽起来，已经算是怀旧复古了，相当流行。

日本人的脑筋是食古不化的，我向卖烟的店先生买两包，一包是四十日元，他用一个小算盘算起算盘，嘀嗒两声，说八十日元。隔两天去买，又是先嘀嗒两声，再收八十日元。

我正式出来工作时，薪水高了，可以买贵一点的hi-lite（喜力），是蓝色纸包，有白字的包装，一包八十日元，当然也有玻璃纸了，但是这种烟的味道始终太淡。后来收入更佳时，我便去抽一种椭圆形的，压得扁扁的德国烟，名叫金色盒子，它用了百分百的土耳其烟叶，自己抽是香的，别人闻到却是臭得要命的。

接着说更臭的，当年的女朋友崇尚法国，抽一种叫Gitanes（吉卜赛女郎）的烟，盒子上用蓝白的图案画着一个拿着扇子在跳吉卜赛舞的女郎，其味道实在臭。

同样臭的是法国产的Gauloises（高卢），也是蓝色包装纸，画有一个双翼的头盔，别小看这种烟，在法国抽它还是爱国行为呢！绘画界的爱好者有毕加索，文艺界的有沙特，音乐界的有Maurice Ravel（莫里斯·拉威尔），连披头士尊连侬（约翰·列侬）也是它的烟迷，抽起它来，在一群法国朋友之间会得到尊重，但是最后还是受不了，也不理女朋友，抽别的烟去了。

日本的房子在冬天会用一个大瓷坛放中间烧炭取暖，这时看到老人家拿了一管烟斗，头上有个小漏斗式的铜头，中间是竹管，吸嘴也是铜器打成的，叫kiseru（烟杆）。我也学着他们抽了起来，但改装了英国烟叶，日本的烟叶太劣了，一吸就咳嗽，这种抽法有个缺点，就是烟斗太小，抽一口就要清一次，非常麻烦。

有时，我也跟着日本人怀旧起来，抽一种名叫朝日的烟，非常便宜，因为有个吸嘴占了整支烟的三分之一，吸嘴是空心纸筒，用手指压扁了当成滤嘴，抽不到两下就灭了，也只是当玩的，不会上瘾。

离开日本后，来到香港，我开始抽美国烟Pall Mall（长红），因为它有加长版，我自己又买了一个烟嘴加上去，显得特别地长，配了我高瘦的身材，抽起来的样子好看，但好看不等于好抽，也不是到处买得到的，后来就转抽了最普通的Marlboro（万宝路）。

从特醇的金牌抽起，最终还是回到特浓的红牌子，万宝路的广告和音乐实在深入民心，但说到好不好抽，越大众化的东西，味道一定最普通了。

其实香烟并不香，而且有点臭，其臭味来自烟纸，美国香烟的纸是特制的，据说也浸过令人上瘾的液体，这有没有根据，不是我们烟民想深入研究的。

有一点是事实，为了节省成本，有很多香烟根本不全是烟叶，三分之一以上是用纸屑染了烟油而造成的，不相信，取出一支拆开来，把烟叶浸在清水中，便会发现是白纸染的。

终究是烟抽多了，一定会影响气管，所以烟民们都咳嗽，咳多了就想戒，而戒烟的最佳方法是改抽雪茄，我的香烟已完全戒掉了，现在一闻燃烧烟纸的味道就要避开，实在是难闻，我已经完全戒了烟。

我现今抽的是雪茄,大雪茄抽一支要一个小时,没那么多空闲,现在改抽大卫杜夫牌的Mini Cigarillos(迷你小雪茄),里面全部是烟叶。因为美国禁运古巴产品,大卫杜夫很聪明地跑去洪都拉斯种烟叶,在瑞士或荷兰制造这种雪茄,每五十支装在一个精美的木盒子之中,这样看起来和抽起来都优雅得很。

我还是不会禁烟的,烟抽了一辈子,已经是老朋友了,但只是一个要你命的老朋友,可爱得很。

如何选一副合适的眼镜?

看中了一副眼镜,问价钱,中环的卖四千五港币,尖沙咀的卖三千五港币,友人店里说的售价是两千五港币。我想,要是跑到了旺角,应该就是一千五港币吧?

眼镜的利润是惊人的,而且,目前的眼镜已是时尚,讲究名牌,功能已没那么重要了,这是全世界的走向,也没什么好批评的,愿者上钩罢了。

从前,戴眼镜会被同行、同学取笑的,"四眼田鸡"之类的名称都是发明出来骂人的。那时候,大家眼睛好,不像当今小孩眼睛都有毛病,你到班上一看,不戴眼镜的那个才出奇,既然戴眼镜的人多了,那就有生意做,商人当然想出眼镜时尚的广告来。

有人做过街头访问,发现没有人会只拥有一副眼镜。你要是问：多买几副干什么呢？衬衣服呀！大家瞪大了眼睛，笑你是乡下人。

算起来，我也有上百副眼镜，放在家中一个角落处，随时找，随时有，这是从倪匡兄那里学来的。当时他住旧金山，家人回香港，他吩咐一做就是十副八副，因为在外国眼镜要医生证明才可以买到。

香港人才不理你，以前正式当验眼师有执照的少，在眼镜店当几年学徒就可以帮客人测眼了。

不戴眼镜不知道，仔细一看，那么一副东西，竟有十几个小小的零件，光螺丝就有不少，便宜的镜片时常脱落，是件烦事，顶住鼻子的那两粒胶片也不稳固，我一买就是一袋，掉了就自己换上。

人生已够沉重，我买眼镜的第一个条件就是非轻不可。曾经找到一副世上最厉害的，比乒乓球还要轻的，可以浮于水上的，奈何这种眼镜碰一下就坏，用不了几个月就得换另一副。

如果要轻，那么玻璃镜片一定派不上用途，得改选塑料，塑料片有一毛病，就是容易磨花，尤其是像我这种把眼镜乱丢的人，镜片一花，又要去眼镜店换了。

另一个最大的折腾是镜片容易沾上指纹、油脂等。一脏了就非擦个干干净净不可。我有多种方法应付，第一是眼镜布，最新科技做出来的，但总不好用，还是用眼镜纸好，有些是带肥皂的，有些是带酒精的。每次擦完眼镜还能顺便擦手机和iPad（苹果平板电脑）。另有一种放进震动器里的，就像眼镜店中的，但我发现这种还是不好用。其他的有一整罐的手压喷水式的，总之看到什么擦眼镜的新发明，我一定要买，家里至少有几十种了。

每一家时装名牌，都会出眼镜。最初是太阳眼镜，现在连近视、远视的眼镜也有。是意大利或法国做的吗？不一定，仔细一看，设计是他们的，但在日本制作的居多。

在日本福井县，有一个叫Sabae（鲭江）的地区，专门做眼镜框。全村的人，每七个之中有一个干眼镜业的，你专门做螺丝，你专门做夹鼻子的钩，你专门做镜柄，等等，他们分工分得极细。把所有产品组合起来，才能成为一副眼镜。

这是有历史背景的。早在明治三十年（1897年）鲭江就做眼镜了，因为当地的地形，一下雪就把整个村子封住，村民出不了门，就在家里打金丝，组成眼镜的框框，一直发展到如今，日本百分之九十五的眼镜都是在鲭江做的。现在这里不只做给本国人，外国来的订单也逐渐多了起来，世界名牌都来找他们定做。

令鲭江在世界闻名的，还有另一项发明，那就是他们是第一个用titanium（钛）来做眼镜框的，钛是一种世上最轻但又最牢固的金属，但极不容易造型，鲭江人有耐性，一个眼镜柄要是需要敲打五百下才能造成的话，就打它五百下，终于让他们做出优质的眼镜来。

最近又发明了另一项，叫paper glass（纸眼镜），折叠起来，像纸一样薄，我即刻买了一副，但一下子就坏了，我把它放在我旅行时必带的稿纸袋中，当成备用，平常戴的那副一出毛病，即可拿出来，放心得很。

我一直喜欢圆形的镜框，但被可恨的哈利·波特抢了风头，他那么一戴，天下人都用上那副圆形的东西，老土变成了流行，我看我要把那些溥仪式的框子藏起来了，等到大众不跟风了才拿出来戴。

玳瑁壳的镜框我也买过，并没有想象中那么好看，而且又笨重，已被我当成收藏的一部分。当今有名的设计家的作品，也一味是怪，从来不从人性出发考虑，重得要死。

虽然并不跟潮流，也不重视名牌，但名牌之中也有些质量极佳的，我发现Silhouette（诗乐）就不错，但说到又轻又实用又牢固的，还是要算丹麦的Lindberg（林德伯格）了。

太阳镜的话，名牌Ray-Ban（雷朋）一定有它的位置，当然当今也被当是老土。你如果有一副，就好好收藏吧，终有一天会重见天日。

如何学习古人享乐？

古人有四十件乐事：

一、高卧；二、静坐；三、尝酒；四、试茶；五、阅读；六、临帖；七、对画；八、诵经；九、咏歌；十、鼓琴；十一、焚香；十二、莳花；十三、候月；十四、听雨；十五、望云；十六、瞻星；十七、负暄；十八、赏雪；十九、看鸟；二十、观鱼；二十一、漱泉；二十二、濯足；二十三、倚竹；二十四、抚松；二十五、远眺；二十六、俯瞰；二十七、散步；二十八、荡舟；二十九、游山；三十、玩水；三十一、访古；三十二、寻幽；三十三、消寒；三十四、避暑；三十五、随缘；三十六、忘愁；三十七、慰亲；三十八、习业；三十九、为善；四十、布施。

从前，大部分事都是不要钱的；现在，当然没那么便宜，谈的只是一个观念。

高卧，就是睡个大觉，不管古今，大家都喜欢。可是都市人很多都睡得不好，只有吞安眠药去。

静坐，都市人都谈不上，我们劳心劳力，是坐不定的。

尝酒可真的是乐事，现在已可以品尝各种西洋酒、白酒，较古人幸福得多。

试茶，人人可为，不过茶的价钱被今人炒得不像话，什么假普洱也要卖到几千几万，拍卖甚至到几百万元，实在并非什么雅事。

阅读的乐趣最大，不过大家已对文字失去兴趣，宁愿看图像，连最新消息也要变成什么动态新闻，看得我十分痛心。

临帖更是不会去做。

对画？对的只是漫画。

诵经只求报答，求神拜佛，皆有所求。《心经》还是好的，念起来不难，得个心安，是值得做的一件事。

咏歌？当今已变成去唱卡拉OK了。真正喜欢音乐的到底不多。

鼓琴更没什么人会去玩了。

焚香变成了点烟熏，一阵阵的化学味道。檀香和沉香等已是天价，并非人人烧得起的。

最难的应该是莳花了。"莳花"这两个字的意思是栽种花，整理园艺，培育花的品种。当今只是情人节到了，才会去花店买一束送送，并非古人的莳花弄草卧云居、漱泉枕石闲终日了。

候月？今人不会那么笨，有时连头也不抬，月圆月缺关吾何事？

听雨吗？雨有什么好听的？今人怎会欣赏宋代蒋捷的"少年听雨歌楼上，红烛昏罗帐。壮年听雨客舟中，江阔云低、断雁叫西风。而今听雨僧庐下，鬓已星星也。悲欢离合总无情，一任阶前点滴到天明"呢？

望云来干什么？要看天气吗？打开电视机就好了。

瞻星？夜晚已被霓虹灯污染，怎么看也看不到一颗。有空去旅行去吧，在沙漠的天空中，你才会发现，啊，怎么有那么多星星。

负暄这两个字有两种解释：一是向君王敬献忠心，大部分被奴化的人已渐渐接受了，以为这两个字是这样的，不知道它还有第二个解释，即是在冬天受日光暴晒取暖，这才是真正的乐事。

赏雪吗？今天较幸福，一下子能飞到北海道去。

看鸟是不敢了，有禽流感呀。

观鱼较多人做，认为养鱼能改改风水，挡挡灾。不然养数百数千数万的锦鲤，可就发财啰。

漱泉吗？水被污染得那么厉害，怎么漱？就算有干净的泉水，也被商人装成矿泉水去卖了，剩下的才用来当第二十二条的濯足用的。

倚竹？当今只有在植物公园里才能看到竹，普通人家哪有花园能种。抚松也是，只能在辛弃疾的诗中联想："昨夜松边醉倒，问松'我醉何如'。只疑松动要来扶，以手推松曰：'去！'"

远眺的话，香港的夜景，还是可观的。

俯瞰的话，从飞机的窗口看看香港的高楼大厦吧。

散步还是最便宜的运动，不过慢跑就不必来烦我了。

今人怎有地方荡舟呢？有点钱的乘游轮看世界，没有钱的只好来往天星码头了。

游山是早上学周润发爬山的好事。至于玩水，香港的公众浴池有些大妈会在池中间小解的。

访古最好是去埃及看金字塔了，寻幽就要到约旦的Petra（佩特拉）看红色的古城了。

今人真幸运，旅行又方便又便宜，天热可前往泰国消暑，还有按摩享受；天寒到韩国去滑雪，还有美味的酱油螃蟹可食。

排在第三十五的随缘已涉及哲学和宗教了，大家都知道，但大家都做不了。排在第三十六的忘愁也是一样的。

排在第三十七的慰亲赶紧去做吧，要不然有一天你会后悔的。

排在第三十八的习业是把基本功打好，经过这段困苦而单调的学习过程，一定懂得什么叫谦虚。

最后两件的为善和布施尽量去做，你如果不是富翁，就在飞机上把零钱捐给联合国儿童基金会吧。

如何欣赏有声书？

我从多年前就再三呼吁，请爱书籍的朋友，接触一下有声书！

眼眸一疲倦，没有什么是好过听书的。声音就像母亲向子女朗读，有机会试试，这是莫大的幸福。

有声书起源于提供视障者爱好文学的门槛，对一般人来说，听取小说或读诗歌，在空闲的时候，尤其是在堵车途中，怎么说也好过听流行歌曲。

当美国已经把有声书发展成出版事业的重要商业市场时，我们还以为这是赚不了钱的，就算投资，也会很容易地被盗版，得不偿失。

渐渐地，内地已经醒觉，开拓了听书的市场，带头的是喜马拉雅，他们进一步地利用FM电台，流量已占到市场百分之五十以上，最畅销的著作的播放量能达到有八千万到一亿五千万人收听，平台用户逐渐增长，目前用户量已突破了二亿六千万人。

其他平台不断地加入战场，喜欢看书的网友"蠹鱼漫游"最近介绍了我一个叫"微信读书"的软件，其中有数不清的佳作供我细听，我静养的这段时间，有声书更加受我重视，现在我已经成为习惯，睡前不听书不能入眠，新作品不断出现，我也不停地搜索喜欢的作品。

最好、最成熟的听书网站是Audible，本来只限于英文书。后来看准了内地巨大的市场，它已来做了一个Audible in Chinese，我初翻一下，上面已有《战争与和平》《老人与海》《呼啸山庄》《少年维特的烦恼》等经典的中文翻译，当然也少不了本身就是中文的《骆驼祥子》《三国演义》等。

也许，这些书你在年轻时已经读过，现在重温，又有不同的感受。好书是可以一听再听的，像金庸的作品，可以在金庸听书的网站中找到他所有著作，除了国语，还有粤语版本和其他方言版本，听起来特别亲切，如果你想接触听书世界，我大力推荐。

当然，听原文是一大享受，Audible除了中英文，还有欧洲一些国家的语言，还有日文、印度文等等，是很全面性的。

现在中文听书，还是处于一个婴儿阶段，没有美国的那么厉害，也请不到高手来录音，像微信读书中有些作品只用了文字转声音的软件，以机械声读出。不过对于不值得用眼睛去看的书，像东野圭吾的作品，我也能忍受下来，听完他所有的著作。

中文网上，一些冷门的翻译作品也有人欣赏，像《洛丽塔》《刀锋》《人间失格》等等，但多数听者还是会选《盗墓笔记》和《鬼吹灯》等内容。

一边看文字一边听书也是一种经验，很多用机械声读的书都有原文刊载，喜欢的话，一边看一边读也是双重享受。

至于英文听书，我一向不喜欢听美国腔的，尤其是加州式的美国大兵的英语，我对这一类的英文有强烈的反感，他们每一句话的尾音都系问号一样地提高音调，有时在餐厅中听到两个长得很漂亮的中小学妞讲英语，再怎么穿得性感也令我反胃，起身就走。

美国人讲英语，只限于位于东部的人还能忍受，其他乡下佬的录音极为难听，讲得最好的当然是英国人，美国人属于极少数，这么多年来也只有Gregory Peck（格雷戈里·佩克）讲得好，近年当然有参演Joker（《小丑》）的Joaquin Phoenix（华金·菲尼克斯）。

电影上有一点知识的角色，都要叫英国演员来担任才有说服力。像Anthony Hopkins（安东尼·霍普金斯），Gary Oldman

（加里·奥尔德曼），Michael Caine（迈克尔·凯恩），Ian McKellen（伊恩·麦克莱恩），Sean Connery（肖恩·康纳利）等，他们的声线都经过严格的舞台训练，声音珠圆玉润，字字听得清清楚楚，尤其是John Gielgud（约翰·吉尔古德），听他念的莎士比亚十四行诗，简直是在听天籁之音。

最近我在Audible找到两本小说，由知名演员读出，一本是Benedict Cumberbatch（本尼迪克特·康伯巴奇）读*Sherlock Holmes: The Rediscovered Railway Mysteries and Other Stories*（《夏洛克·福尔摩斯：重新发现的铁路之谜及其他故事》），这个马脸小生的面容实在丑得不能让人接受，在电视片集演福尔摩斯演红了，才让人看得惯。

以前看福尔摩斯是小时候了，当今重温，觉得实在易读，引人入胜，又可以在有声书上把所有的福尔摩斯小说找出重听一遍。

另一部叫*The End of the Affair*，它的中文译名为"恋情的终结"或"爱情的尽头"，词不达意。affair（绯闻）这个词一定是包含了婚外情的意思，译成"情事已逝"还有点意思，作者Graham Greene（格雷厄姆·格林）把婚外情写得非常详尽，虽有性意，但一点感觉也没有，简直应了"No sex please, we are British"①这句话。小说的好处在于主人公的内疚和惭愧感动了所有发生过婚外情的男性读者，这本有声书由名演员Colin Firth（科林·弗思）读出，听他娓娓道来，是极大的享受，不容错过。

---

① 意为"别和英国人谈性"。

穿着

人间清醒

仙人的织品

数十年前，我在印度拍完了六个月的电影，当地制片送了我一份礼物："我代表全组工作人员感谢你对我们的信任，你吃我们吃的东西，你没有和其他香港职员一样吃我们特别为他们准备的菜，你尊重我们的文化，我们感谢你。好好地珍惜它，这是人生之中不可多得的。"

打开一看，是英文叫shawl的，女士用它当披肩，男人用它当围巾，约宽三尺、长六尺。

又薄、又轻、又柔软、又温暖，我还当它为茄士咩（开司米），后来才知道是chiru（藏羚羊）的毛织的shahtoosh（沙图什）。

shahtoosh的波斯语为"皇帝的丝毛"，是由藏羚羊的内层丝毛织成的，每条毛宽约九个micron（微米）。micron是一米的一百万分之一，约等于人类头发的五分之一。

每一只藏羚羊身上，只能取到一百二十克丝毛，但不能全用，不知要用多少只，才可以织成一条围巾。它又被称为"ring shawls"（指环披肩）。天下只有这种那么大的一条围巾，可以轻易地穿过一枚结婚戒指。

那么多年来，这条围巾一直陪伴着我，在刺骨的冷风中，包着颈项，即感温暖；坐长途机，盖住全身，比棉被都御寒。

用久了，以清水一洗，晒干了没有皱纹，绝无缩水或阔大的现象，对一个常旅行的人，是件恩物。

经济起飞，本来是皇亲国戚的东西，民众有能力的也开始购买，又经富豪名媛一争购，沙图什的需求量一高，屠杀就跟着来到。

二十世纪初有一百万只以上的藏羚羊，它们被盗猎者不断杀害，到了中期，只剩下七万五千只。在西藏被猎杀后，剥了皮，拿到查谟和克什米尔（Jammu and Kashmir）地区进行纺织，因为只有这两个地方的织工幼细（精细）。

国际组织才开始禁止沙图什的买卖，以保护濒临绝种的动物，但非法销售没有停过，可以证明的是查谟和克什米尔地区从来不管国际组织的禁令，继续它们的纺织业。

奇货可居，当今最上等的沙图什围巾，一条要卖到一万美金了，普通的售价也要三万港币一条。

你只要有钱有门路，照样可以买到沙图什披在身上。亚洲人不识货还可避过，但一遇到欧洲、美国海关，分分钟有权没收你这条价值七八万港币的东西。这还不算，撞到了环保分子，抢劫、泼漆事件亦曾经发生。

就算没人理你，但是屠杀了多少只藏羚羊才得到的披肩，围在身上，心里总有一点阴影，尤其是《可可西里》那部片子描写了保护藏羚羊人士遇到的苦难，看后更是于心不忍。

当然，我们可以大叫放弃沙图什，披上一条大量养殖的普通的西藏羊羊毛织的pashmina（帕什米娜），价钱普通入货轻易，何乐不为呢？

可是，一披过沙图什，已回不了头。再好的帕什米娜也满足不了你追求极高质量的欲望，那要怎么办才好？

答案是vicuna（骆马）了。

生长在南美洲的骆马，三英尺高，身材苗条，颈项很长，有两只又长又尖的耳朵和大眼睛，样子非常可爱。体重只有一百磅[①]左右，与少女的相近。所以古代的印加族人称骆马是"安第斯的公主"。

---

① 英美制质量或重量单位。1磅合0.4536千克。

应该是骆驼类演变出来的品种，骆马多数生长在秘鲁的高原山峰之间，能在海拔一万三千米至一万九千米的高山上灵活地跳跃，因为它有特别的血液，糖分极高，令它能吸收更多的稀薄空气。

和人类一样，骆马也是怀胎十月，初生的骆马在十五分钟之后就能和母亲一起奔跑。一生自由奔放，从不被驯服，也不能用人工繁殖，否则丝毛的质地即刻会变粗。

在印加极权主义年代，只有皇帝和贵族才有资格穿骆马毛制品。捕捉它们的方法是在夏天启动二三万人，分散为一大圆圈，慢慢向它们走近，圆圈越缩越小，最后包围。由皇帝亲自监督，四年才举行一次。偷盗者会被斩头。

抓到后，把最年轻的骆马毛剪下，每一只两年一次才能采取到八安士（盎司）的丝毛。一件大衣，要用到二十五至三十只的毛才能织成。

骆马比藏羚羊的命运还惨，在十四世纪有一百万只，一百年后已只剩下几千只，等到机关枪发明后，已只有五百只了。

在《CITES公约》（《濒危野生动植物种国际贸易公约》）中，骆马是最受保护的动物，禁止与它的丝毛相关的一切买卖。但是秘鲁是一个贫穷的国家，丝毛带来的收益能够养活不少人。而且在计划下已成功地让野生的骆马的数量增加到几万只，秘鲁政府在一九八七年开始向《CITES公约》申请贩卖。得到允许后即刻举行国际比赛，看看哪一家合伙公司够资格和价钱来接管纺织的工作。

最后由意大利的Loro Piana（诺悠翩雅）投得，它是一家创自一九二四年的公司，专门制作全球最好的毛织品，以设计优美，穿着耐久见称，从不跟流行，只求质量。

经过数十年的禁止，骆马毛产品终于能够卖到消费者手上。不像LV、爱马仕或其他时装名牌，知道诺悠翩雅的人并不多，它也制造大衣、夹克、恤衫、裤子等服装。价钱虽然不菲，但是我们可以正式、公开地围上一条仙人衣料的围巾，已是不枉此生了。

男生怎样挑毛衣？

天气又凉了，开始整理御寒的衣服。

从柜中找到一件"卡利根"（cardigan），是件长袖前面开衩的毛衣，下面有四粒纽扣，一粒双排，以供大肚腩者穿着的，是英国Jaegar（积家）的产品。

抚摸起来还是那么柔顺，穿在身上感到一阵阵的温暖。虽然毛衣胸口背上，已有数个虫蛀的小洞，但我珍之惜之，每年必取出用。

这是家父遗下来的唯一一件衣服，我会穿到死亡那天为止。

数十年前，当他来香港探望我时，我为他买下的。新加坡天热，不必用到。每年来港小住，一遇天寒，就穿这件黑色的毛衣，其他时间放在我家里。最后一次返行，照样留下，我才派得上用场。

入秋时，一件衬衫，加上这件毛衣，已足够。到了寒冬，清晨起身，我爱把它反过来穿，纽子扣在背后，再披上一件丝绵袄，开始写稿，多年来不变，已成习惯。

怎么当年的毛衣，质量是那么好，永远不会起毛球。当今买到的，穿了几次，已要用剪刀除掉起毛部分，虽说都是用茄士咩制成，与旧的有天渊之别。

一生之中，买过的毛衣无数，为了跟流行，也穿过劣质毛衣，一点也不保暖，只是款式好看而已。有的甚至有尖毛扎肉，穿得非常之不舒服。从那时候起，也就讨厌樽领式的毛衣，每次都要用手指去拉一拉，才能喘气，老罪受够。

V领的毛衣也不好穿，冷风吹入，非得另用丝围巾打一个结来御寒不可。

我爱穿的是圆领的毛衣，里面穿一件恤衫，露出领来，毛衣再起尖毛，也扎不到我。圆领毛衣买了多件，都是净色的，红、蓝、白、绿，用来配恤衫的颜色。

就算去了北海道，一件B.V.D.的汗衫，一件恤衫，加上一件毛衣，最后穿件皮外套，怎么寒冷，都不怕了。到了室内，一件件脱去，直到剩下汗衫和恤衫为止。

在前南斯拉夫生活时，我看到一件很厚的，以为其一定很暖，即刻买下，穿了几天，好像挑了担子一般，愈来愈重，弄得我腰酸背痛。更觉得着毛衣，非上等茄士咩的不可，又轻又薄，像意大利鞋子，穿上之后再也回不了头。

最近，茄士咩大行其道，内地产品居多，什么毛衣都说是茄士咩的，不然就是什么帕什米娜的了。

茄士咩这个词已被滥用。其实，只有生长在海拔一万四千英尺的capra hircus（野山羊）的毛，才有资格称得上，而且只用它颈部的毛，腹部的已是次等。新疆那边的羊毛，叫为茄士咩，而生长在克什米尔的被叫为帕什米娜，产自同一种羊。羊生长的海拔愈高，毛愈细，只有人类毛发的六分之一，也是全世界最细的天然纤维之一。

藏羚羊和生长在克什米尔的羊被人类大量屠杀，已近灭绝。当今最高质的羊毛已被全球禁止出卖，在欧美等地被环保人士看到，他们会像看到貂皮一样泼红漆的。

我买到的是数十年前的产品，当年不受限制，没什么大罪。除了毛衣，有一条三丈长的围巾，可以用来包裹全身，像一只粽子，绝对温暖，这条又长又大的围巾，可以被一枚戒指穿过。

当今能买到的最高质毛衣，只有英国苏格兰的名牌Pringle（普林格）吧？

普林格已有百多年的历史了，本店开在伦敦，其地址是112, New Bond Street（新邦德街），电话号是44-207-297-

4580。这个品牌的产品一向是皇室的爱用品，用一只狮子为商标，在一九五〇年，玛格烈（玛格丽特）公主还亲自到该厂参观过。

这个牌子产的不只是一件过的毛衣那么简单，在一九三四年，请了名设计家创出一套叫Twinset（两件套）的，是底面圆领毛衣一件，配上同颜色与料子的外衣，创出潮流来。

这个设计到一九五五年出现于*Vogue*（《时尚》）的封面，再度发扬光大，影坛巨星如格丽丝·凯莉（格蕾丝·凯利）和性感小猫碧姬·芭铎都穿上，成为众人争购的产品。直到今天，许多淑女还是爱穿这套叫Twinset的衣服。

在一九五一年，普林格开始为皇族设计高尔夫球装，一下子售罄；到了一九六四年，出名的Arnold Palmer（阿诺德·帕尔默）也穿了，卖得更好，后来才学会设计自己的牌子，但质地差得远了。

近年来，普林格在米兰时装节上不断推销产品，请了《星球大战》和《红磨坊》的男主角Ewan McGregor（伊万·麦克格雷格）当模特，披上一条刺着红色大狮子商标的围巾，有款有型。

日本人发明了团团转的织毛衣机器，一次可织成一件衣服，完全无缝。普林格更为淑女们设计了毛衣晚礼服，又轻又薄，身材尽显。

至于这个那么出名的品牌,老板是谁呢?

原来是被香港人方铿买了去。英国的大公司经营不善,为外国人所购买的例子甚多。今天午膳,我听左丁山兄说,积家牌也在找香港人购买,暂时还没人要呢。

记忆最深的,是当我出国念书时,父亲买给我的那件毛衣,就是普林格的;而我送他的,只是件积家的,非常惭愧,但人已去矣,后悔也来不及了。这个故事教训我们,对于亲爱的长者,送他们的礼物一定要买最好的,就算很贵,储蓄久了,一件毛衣也买得起。

男士刮胡子的乐趣

女人,这篇文章与汝等无关,请勿看下去。题目已清楚说明,何必自讨没趣。

"须刷是什么东西?"小朋友问。

让我详细说明。从前到理发店,会有一位自称上海来的师傅,其实来自扬州。他手上拿着一个柄子圆碌碌的,是象牙制造的,头上有软毛束成的刷子。

浸了热水,往地上一甩,去掉多余的水珠,然后在肥皂上摩擦出大量的泡沫来,涂在客人脸部的下半截,包括一大部分颈项,之后开始为你刮胡子。

仔细的师傅还会用一条热毛巾盖在你脸上,让须根发软。涂了肥皂,敷上另一条烫人的毛巾,才用须刷痒痒地把肥皂沫在你的脸上摩擦。这种感觉,异常舒服,非亲身经验不可,当然女人是不懂的了。

打泡沫也有学问，肥皂用一个瓷器道具盛着，像漱口杯般有个手柄。杯顶是半圆形的，凹进一个空位装半圆形的肥皂。杯子前端有个三角形的洞，先注入热水，把须刷从口中插入，蘸了水才打泡。由左至右顺时针圆圈圈磨，力道不可太大，也不能太微弱，须很有恒心地磨了又磨，才能产生最细密的泡沫来，在英语中不用bubble（气泡）来形容泡沫，磨到lather（皂沫）的程度，才令人满意。

摩擦是一种很美妙的感觉，令人昏昏欲睡。

小时候和邻居女孩玩泥沙，她们都爱扮护士，我不允许，命令她们做理发师，用树枝当剃刀为我刮胡子，那时候我从没走进过理发店，可见这种享受感是与生俱来的。

长大后我去了韩国，在没有暖气的乡下理发铺里，少女用双手摩擦出热量，抹在脸上才刮胡子，令我记忆犹新。

爱人的长发在你脸上和颈部摩擦，更有如从前的电影广告——紧张、香艳、刺激、肉感，所以古语中有耳鬓厮磨这个词。

秘密部位的摩擦，更是令人欲死欲仙，这是上苍制造的奇迹，让人类传宗接代，否则像熊猫一样对摩擦没什么兴趣，我们早就绝种了。

《花生漫画》中的莱纳斯拿着的那条安全被单，也是因为喜欢摩擦。他把被单放在耳边，就响应了古语的耳鬓厮磨。他还会吸另一只手的拇指，这象征些什么可想而知，这都是上苍为他准备后来运用的技巧。

别以为漫画中才有这种人物出现。钟楚红的先生朱家鼎，小时候也拖着安全被，没有它就不能入眠。朱妈妈只有趁他上学时才拿被单去洗，愈洗愈烂，用剪刀去边。一年复一年，一大条被单变成小手绢，还是没它不行。不知他现在改掉这个习惯没有，下次遇到阿红，我一定要问问她。

南洋人都爱用抱枕，我弟弟三岁时就懂得将绑住抱枕的布袋带头小心翼翼地拆开，将其撕成一个毛茸茸的小刷子，在鼻子上轻轻摩擦，才很快睡去。

没有人教他。

男人除了喜欢摩擦，还爱钻入的感觉。我的两个小侄儿，一次被父母带去野外露营，他们钻进睡袋，从此上瘾。回到家里已经不肯睡床，嚷着要钻睡袋，还要学营帐中吊起来，他们的双亲只好把这两个小子的睡袋挂在墙上，像两只小蝙蝠一样。

很少听到女孩子有铺安全被单的瘾，也没听说过她们喜欢钻洞，这也许是天性吧？她们只抱洋娃娃。

说回到须刷，其种类极多，价钱从数十港币到几千港币一根不等。也有不同的大小，天生大胡子的，可买一根大的，一涂就是半边脸的。

便宜须刷不知用的是什么人造毛，或许是猪鬃吧？贵的会用貂毛，柔软得像婴儿的头发，但又有让人用手摩擦的硬度。用个几十年，毛也不翘一根，真厉害。

在香港什么地方可以买到须刷呢？大一点的药店也兼卖化妆品，这里面也许有货。不然到日资大百货公司的男性用具部找，但价格很贵。他们从外国进口，再拿到香港来卖，当然贵了。到德国、北欧诸国旅行时购入，就便宜得让人发笑。

著名的须刷店是英国的Taylor of Old Bond Street（泰勒老德街公司），它是一间历史悠久的铺子，专门经营与剃胡子有关的东西，像半圆形的肥皂和各种肥皂瓷杯。大大小小的须刷数十种，向店员询问时可说有没有badger（獾毛）的。这家店的具体信息如下：

地址：74, Jermyn Street, St. James's London SWIY 6NP

电话：0171-930-5321

传真：0171-930-8482

电邮：taylorofoldbondstreet@ibm.net

男人用老人牌安全剃刀，已失尽雄赳赳的威风，那罐喷沫筒肥皂更是娘娘腔，快将它丢掉。刮胡子的时候，最少要用须刷来打泡沫吧!

须刷摩擦脸部的那种舒服的感觉,不是文字能够形容的,也非女人可以了解的,她们有霸占人家地盘的天性。我们男人更加应该珍惜这柄须刷,这是我们仅有的她们不想争夺的东西。

"你看你,又趁机骂女人!"小朋友说。

所以,一开头就叫你们别看下去了嘛。

怎样将穿着变成一种乐趣？

日本的夏天，吃七月底最成熟的水蜜桃，泡泡温泉，与下雪时又是不同的味道。起来，一身汗，喝一杯冰冷的啤酒，听听周围树上的蝉声。

勾起一段回忆，四十年前，我看过一部石原裕次郎的电影，他在夏天穿了一套和服，其薄如蝉翼。我心中大赞："天下竟有此般美妙的东西！"

后来才知道这是一种叫Ojiya Chijimi（小千谷缩）的麻质布料。早在千多年前，已极为日本人所推崇。

"小千谷"是地名。所谓"缩"，则是一种传统的织布法，它在昭和三十年（1955年）被指定为国家重要无形文化财产。

哪一家人、哪一个牌子的小千谷缩做得最好呢？其实，都不重要，它是要经过严密的审查才能打上"小千谷缩"的标头，其需具有以下五个条件：

一、原料一定要是用手撕出来的苎麻。

二、织有条纹，不靠机器。

三、只许可用传统的木架织布机纺织。

四、除去麻线的凹凸，只能用水冲洗，或用脚踏平。

五、必得在雪上晒干。

自古以来，越后（今新潟县）的农村女子，到了冬天雪季不能耕种，就在家里织布。将苎麻浸水后一条一条剥成线的过程已需一个月的时间，纺织时屋中不可烧火炉，否则会影响纤维的伸缩。织好的布在雪地上洗晒，也是同一个道理。麻条制成布匹后，揉之又揉，令纤维收缩，卷曲起来离开皮肤。

用这种技巧织出来的布，质地柔软，但非常笔挺。在透凉感、水分的吸收和发散、白度、光净、坚韧性上面，苎麻都比南方人惯用的亚麻强得多。

小千谷缩算是世上最完美的麻质布料，你只要穿过一次，就会上瘾了。

感受织成的布料摩擦在身上的感觉，是种无比的享受。伊豆修善寺的温泉旅馆，就是用全白色的小千谷缩来做被单和枕头的，非常豪华、奢侈。

我这回带了老饕旅行团来冈山吃桃子，前后两回一共在日本住了十天，够时间在大阪的高级和服店订制一件。

小千谷缩做的和服近于透明，得穿上一套内衣才不失礼。通常日本人会在上身穿一件内衣，领子和袖子的颜色衬外衣，中间是白的。

我选的外衣是深蓝色的。我问裁缝师傅："为什么中间要用白色，全套都是蓝的不行吗？"

"白色，"他回答，"才能把材料衬托出来，让人家看得出是小千谷缩。"

另外，要配上一条内裤，长度约盖住膝骨那么长，日本人称之为suteteko（*短衬裤*）的，也是棉质的居多。

腰带可用扁平的，但是我还是喜欢近于黑色的十二尺丝带，卷成数圈缠于腰中。

一般和服的腰带绑起来的结容易松掉。为什么有些人的带子绑得那么结实呢？原来，他们穿上身内衣时已有另一条带封住。穿上外衣，内层又加一条，最后外层才缠正式腰带的。

拖鞋和木屐任选。要正统的话，还是得穿江户时代公子哥流行的setta（*竹皮屐*）。皮底，里面插着一条钢条，走起路来鞋子会发出金属声音。

夏天不可缺少的道具是一把扇子。普通的日本折扇太小，没看头。用一把葵扇吧，扇上加网，令它不散，再涂上一层薄漆，才不穿孔。选把鲜红色的，够悦目。不用扇子时，可把它插在腰带背后。

衣服绝非夏天洗完澡后穿的yukata（日式浴衣）可比。它只能穿着在街上散散步，不登大雅之堂。这一套和服可以出席任何场面，非常大方。

织小千谷缩的工匠愈来愈少，政府拼命培养，但有什么年轻人肯在没有暖气的屋中织布呢？尼龙代替，却一下子就露出马脚。

"小千谷缩那么好的料子，为什么内衣却是普通的棉织？"我问那个和服专家。

"啊！客样（客人），"他说，"我们日本人穿衣服是穿给别人看的！"

"那么你用蓝色的小千谷缩来替我做做内衣吧，别人看得出看不出不要紧。"我说，"但这合不合传统？"

"不是合不合的问题。"他回答，"衣料不便宜，没有人那么要求过。"

岂有此理！自己感觉好，才最重要，管人家有什么看法？

记得丰子恺先生谈起他老师弘一法师李叔同的服装，说他是风度翩翩的公子哥时，整套挺直的西装，当了教师后穿的是合身份的长袍。做了和尚，写信请人做袈裟，尺寸写得清清楚楚，绝不含糊。是什么就穿什么，穿什么就像什么。

洋人着唐装，男人总像功夫片的配角，女人穿旗袍，衩开得有如欢场女郎，看得我摇头不已。

我们到意大利最好穿英国西装，到英国穿法国的。着日本和服，非但穿得要像样，还要穿得比日本人好，这也是一乐也。

关于男士衬衫的一些知识

自小就穿过Arrow（箭牌恤衫），白恤衫是全球男人最具代表性的一件上衣。后来，箭牌恤衫渐渐没落，已没有人穿这个牌子的，但是鳄鱼牌恤衫，始终流行。长大了，我才知道法国早已有条鳄鱼，不过你想穿港产的，随便你好了。

白恤衫实在欺负穿的人。领子太宽、手袖太长，都是缺点。非长年训练，绝对穿不好。

基本上，男人的白恤衫设计没有什么变化，几百年来都是那么一个老样子。

后来，有一天，我看见了一位叔伯，带着几个空中小姐在酒吧喝酒。啊，他恤衫的领子，竟有两颗纽扣扣住，是多么大胆的一个构思，那是五十年前的事了。

领口的双扣，流行至今，但是没有复古当时髦的感觉，因为中间从来没有中止过。当今看来，似乎有点厌烦。

当中也有人发明了内扣装，那是领子的双边后面连着一条小带，目的是打了领带之后将领口扣紧，里面看不到纽扣，但使用者觉得不方便，流行不起来。

忽然之间，一件白恤衫可以卖到两三百港币。当我听到在日本做一件恤衫要一万日元，合七百多港币的时候，有点惊奇，但是法国和意大利的名牌恤衫，售价早已是一千、二千、三千、五千港币了。

有什么分别呢？当我们穿的白恤衫衣领，还有两个尖矛形的塑料撑住时，他们的恤衫早已不用。代之的是完全没有加工的领口，但还是那么坚挺、好看。

有些领口照样有两粒纽扣，但是已经暗藏在袖尖底下，有的甚至领中有领。两个叠于领后的小领，扣上了纽，外表看不出而已。

至于穿"踢死兔"[①]晚礼服时配的白恤衫，双领应该由内翻出，尖尖的。所结领花，是在领子外，还是在领子内呢？都错了，是在中间，不外不内的部位。要维持这两个尖领不被熨死，英国绅士还发明了一个像刀片般的小熨斗，打完了领花，将领尖

---

① 即燕尾服，其英文tuxedo的发音类似"踢死兔"，因此被戏称为"踢死兔"。

熨一熨。他们追求完美嘛。

男人穿白恤衫，有什么秘诀吗？简单得很，是一个穿惯的牌子，记住领口和袖长的尺寸，一直跟随，就不出错。

但是，有时苦于布料不是自己喜欢的，有时所爱颜色的又尺码缺货，难以买到一件合乎心水的恤衫。

这时，我想起香港那么多定制恤衫的店铺，做得又快又便宜，为何不尝试？

买料子给裁缝做好了。白恤衫布料，太皱的熨不平。起码得三四百针，才能笔直。我试过追求八百针的，后来朋友说重庆大厦中有一布料店，出售瑞士织的一千两百针的，我即刻买下。

拿了一件穿惯的白恤衫，关照上海恤衫专卖店："请替我做得一模一样好了，别去改它！"

上海裁缝唯唯许诺，做出来的我一看，领子照样是那两条塑料尖具支撑，吓我一跳，那一千两百针的布料就此泡汤。

从此不敢再请人定制白恤衫。直到认识一位香港恤衫大王，他说："拿来给我们做好了，保管一模一样！"

我的个性，总是先相信人，就到这位长者店里再做了一件。

事先把穿惯的交给他们做样板。店里大师傅要量我的领子和袖长，我说："不必了，照做可也。"对方坚持："人的双手，有长有短，量一量吧！"我耍手兼拧头①，但拗不过大师傅，只好声明不可更改。

终于做出来的，袖口折叠处完全不对，袖子太长，领口太宽。上海师傅是有个性的，非将之发挥不可。

"再给你一次机会，不要改！"我命令道。

到了店里一量，领口还是阔大。少东心有不甘地抱怨："你的恤衫已洗了几次，我们新做的做大一点，以防缩水。"

我的第一个反应就是："为什么你不先将布料浸湿？"

但是，我知道再说一万遍，做出来的不一样就是不一样，客气地称好。

男人的西装和白恤衫，不管是法国还是英国的名家设计，领口后面总有一条小布，绣着"Made in Italy"（意大利制造）的字眼，看见了就有信心。为什么？手工好呀！

我不相信意大利裁缝的智慧和细心，会比香港人好得那么多，但是我们只是看眼前，游客一到，好，在两小时内做给你。毕竟"苏丝黄"年代已过，上海裁缝手工曾是一流，但永远置身香港，从未出国旅行，加上那致命的顽固，无可救药。

试看意大利人的西装技巧，领子部分已有一大跃进，创造出

---

① 粤语词，又摇头又摆手，表示坚决不同意干某事。

的领底衬料，永远不会起皱褶。香港裁缝还生活在逝去的年代，他们把领底用厚麻衬住，夏天一到，热起来把西装搭在臂上，再穿起时领子皱得像油炸鬼。

白恤衫也是同一道理，一直是硬绷绷的那几款领子，别说袖口的变化了。我们太不求上进，太落伍了。

吾老矣，希望有生之年，可以看到"Made in Hong Kong"（中国香港制造）的小布条钉在各国名士的西装领子后面，时装的手工业收入成为香港的巨大收入。对聪明的香港，我是有信心的。

恤衫样子很端正，领子、袖口，中间有整齐的一排排纽扣，最滑稽的是在不穿裤子的时候，衬衫看上去，前面两片翼，后面圆圆的一大块废布，样子古怪得很。

当然也不能全说是没有作用，它是做来防止恤衫由裤子里拉出来。可是老人家不懂这个道理，所以看粤语残片[①]的时候，就有母亲用剪刀剪下来当手帕的场面出现，现在想起来真好笑。

二十世纪六十年代的民生穷困时期，恤衫料子真差，领子和袖口永远是皱皱的，怎么烫也烫不直。当年要是拥有一件箭牌恤衫已经当宝了。

---

① 二十世纪五六十年代那些黑白粤语电影，称为"粤语长片"。因其故事情节慢，追不上时代，因而谑称"粤语残片"。

不过，外来的恤衫不是领子太大就是袖口太长，要买到一件合身的可真不容易，胖子、矮子更不必梦想。

大家唯有定做恤衫了。那时候手工便宜，定做就定做，没什么了不起。现在呀，连工带料，做一件不花费上千港币的不算上等货，定制恤衫，已是种奢侈了。

目前现买的又便宜又好，一件七八十港币的可穿两三年不坏，同样的恤衫在袋口边绣上个名牌的假货，就要卖一百二十港币。

一百二十港币的也不一定是假的，同样料子，同样手工，外国名牌在香港大量生产，拿到外国去，就要卖一千多，贵了十倍。

对名牌的追求，由上述的箭牌恤衫开始，进步一点，就是蔓哈顿恤衫了。

但是，在时装方面美国人总打不过欧洲人。生活水平一提高，人们都争买皮尔·卡丹。

"卡丹"这个厂本来蛮吃得开的，后来什么东西都出，连香槟也安上这个名牌。货品大受欢迎之后，开始在内地大量生产，便不值钱了。

目前所有名牌都出恤衫，仙奴（香奈儿）、丽娜·李奇、路易·左丹、Polo等，数之不清，但是并不是每个名牌的贵恤衫都好穿，像登喜路的西装虽然做得很好，恤衫就做得一塌糊涂，领子、袖口洗后变形，又回到皱皱的、刚刚学穿恤衫的那一件的样子。

自古以来，恤衫的变化并不大，变化最多的是领子，长的、短的、纽扣的。

有一阵子，为了防止领子皱，我还在领尖里面插了两个塑料领衬，相信还有些读者记得。

考究的时候，领尖各有一个小洞，可用一根金属的领口针穿起来，但是这种设计现代人嫌麻烦，已经被淘汰了。

配"踢死兔"的恤衫最为腌尖，领子颀尖尖地翘着。

"到底领花是应该结在领尖的前面还是后面呢？"这是一个大家都在讨论的问题。

八卦周刊常刊登什么所谓公子穿着"踢死兔"。有的人把领花将领尖压得扁扁的结在前面，有的人把领尖弄成两个三角形遮住领花。谁对谁错？都错。

领花应该独立地结着，而领尖应该略弯地翘在领花的前面。这个弯，大有学问，弯得不好，便是一片三角贴在颈项上，所以要完美地弄一个弯，须用薄如刀片的小烫斗，烘热了以后慢慢地把领尖烫出一个理想的角度，才合标准。

纽扣当然不能用普通的，金属和钻石的纽扣太过俗气，金属底、黑石面的较佳，有套古董——登喜路的袖纽是两个袖珍的表，还算过得去。

恤衫的料子也占重要位置。

最普通的是棉制的，本来不错，但不及丝那么轻柔地抚摸你的肌肤。

丝制恤衫很贵，也很难烫得直，混合丝比较容易处理，但已廉价得多。

最高境界是穿麻。中国人以为戴孝时才着麻，西方人才比较会欣赏。没有一种料子比麻的感觉更好更舒服，一旦开始穿麻的恤衫，就上瘾，其他料子都不肯穿了。

麻易皱，可买同样大小颜色两件，上午和下午换来穿，才算得上考究。

至于的确良，唉，别提了，一流汗便像膏药一样地贴住身体。混合了腋下狐臭，哎呀，我的妈，三尺之内，熏死人了。

话说回来，什么恤衫都好，二三十港币一件，穿在有自信心的人身上，和三四千港币一件的没有什么不同。

天下最好的恤衫，是一件干净和挺直的恤衫。

有颜色的恤衫要和西装及领带衬色才行，不然干脆穿白恤衫。

白恤衫最大的敌人是女人的口红。

请别尝试用牙刷涂牙膏去刷，绝对无效。

唯一办法是等到天亮铺子开后买一件新的同牌货更换，恤衫领子上的口红，是永远永远洗不掉的。

也许可以将恐惧化为生财之道，设计一件印有女人口红的恤衫，赚个满钵，一乐也。

男士穿西装的学问

西装，已经被公认为国际性的男人衣服，不管什么国家，穿什么传统衣着，西装总是最正统、最被大众接受的。穿上一套整齐的西装，是对对方致敬意，成为一种礼貌。

西装自从发明以来，变化并不太大，考据起来是十八世纪发明的，将永远地流传下去吧。

基本的结构是上衣和裤子，里面穿着衬衫，打条领带即成。

上衣有时是三粒纽扣，有时是两粒。大关刀领子的双排扣西装则有四至六粒纽扣。两边袖子上各有一排纽扣，一、二、三、四粒不等，但是一点用处也没有，据说是防止人家拿袖子来擦嘴，但这个理论有点疑问。不过，高级西装的袖子上的纽是应该可以扣上或解开的，如果只是钉上去做装饰，那么这件西装好极有限[1]。

隆重一点的场合，可穿三件套的西装，背心的布料当然要和西装相衬，但也限于前面，背面要是也用西装布，就显得臃肿了。

领子大有学问，有时流行阔，有时流行窄，适中的衣领永远不跟流行，可以一直穿下去，是最佳的选择。从前盛行由上海师傅或广东师傅亲手做西装，前者的手工费要比后者的贵一倍，但当今已经不再请裁缝做西装了，道理很简单，本地裁缝做的西装，折叠后，领子便会出现皱纹，久久不退。欧洲做的西装经油压处理，领子永远是挺直的，就算夏天热了你把西装脱下来搭在手臂上，有点皱痕，但是穿一阵子或挂起来，领子便很快地恢复原状，所以现在大家都去买西装，中国裁缝剩下的没有几个。

但是在欧洲，手制西装还是最高贵的，各个名厂都可以为客人度身定制，当然价钱要比买的贵出一倍以上。

手工方面，意大利人做的又好又便宜，所以名厂只负责设计，在意大利裁剪。英法西装的后领都有意大利制造的外文文字。

瑞士的手工也不错，价钱比意大利的贵，Ermenegildo

---

[1] 粤语词，意思是再好也好不到哪儿去。

Zegna（杰尼亚）的西装多是瑞士制造的。

其他法国名牌如Dior（迪奥）、Hermes（爱马仕）、Lanvin（浪凡）、Chanel（香奈儿）等，西装都是意大利手工。

英国登喜路西装最传统了，这个品牌的深颜色西装不太改花样，近年只在衣扣上有个新设计罢了。登喜路的西装不厚不薄，四季可穿，价钱不便宜，但物有所值。

看起来，所有品牌的西装都是一样的，但穿起来就不同了，有些品牌的肩是斜的，高瘦的人穿起来就不好看，斜肩西装只适合运动型的男性穿。

买西装并不一定合身，袖子的长短是最大的问题，每家名牌店都有专用师傅会为你更改，更改长短不是把袖口切掉，否则纽扣的位置就不对了；更改长短是在连肩的部分改的。

整件上衣分为long cut（长切）和short cut（短切）。前者适合高瘦的人，后者为矮子而设。

背部长得畸形的人可以由中间放开或收缩，这也大有学问。一件名贵的西装，要是经过一个下等的师傅一改，就泡汤了。

裤子是留着裤脚，依客人的脚长折缝。裤头也可以收放，但是多少限于一寸左右。太大或太小，都不能超过一寸，否则便要换一个号码的尺寸才能穿得下。

便宜的西装花几百港币到上千港币就能买到，贵的一万多，很少有超出两万的,和女人的衣服比起来,男人还是着数①的。

买西装的秘诀在于选西装料子上乘的,不跟流行的话,趁每年两三次的大减价时去买好了。每年添个一两套,累积起来,已经够穿。不过也有条件,那便是不能吃得太胖,否则所有西装都穿不下去,便要花费一笔钱去买新的。

不管你怎么讨厌穿西装,但是一穿起来,整个人不同就是不同,只要身材不是太肥或太瘦,穿起西装,人总是庄重、好看的。

① 粤语词,意为得到好处。

关于男士裤子的冷知识

小时候穿开裆裤,随时就地解决,快活逍遥。唯一缺点是会被蚊子叮,还有鹅、鸭子看见了也不放过,追上来把人当虫啄,简直是噩梦。

到幼儿园便得穿短裤了。母亲还是不肯给你做条底裤,蹲下来由裤裆露出一小截,不太文雅,但是又何必在乎?

我第一次穿底裤便以为自己已经是大人,骄傲得很。最初的底裤是件孖烟筒①,穿了起来,小弟弟不知道应该放在左边还是右边,迷惑了好一阵子。

开始有紧束的冒牌Jockey(杰克)三角裤时,已知道梦遗是怎么一回事,朋友叫它画地图。小伙子精力充沛,画起来是五

---

① 粤语词,指男士平角内裤。

大洲，但觉难为情，半夜起身，把弄湿的底裤掷在床底下，继续糊里糊涂地睡去。

第二天醒来，记起窘事，想偷偷地拿去洗。一看，哎呀！惹了一群蚂蚁。大胆狂徒，竟然前来吃我的子孙，立刻捕杀。

念到初中，学校里的制服难看死了，我逃学到戏院之前，先进洗手间换条新款长裤，看电影时更当自己是男主角，不可一世。

当年穿的是模仿猫王的窄筒裤，买的都不合身，多数都嫌太宽，只有求助裁缝师傅，指定要包着大腿，一寸也不多不少，穿了上来也不怎样像皮士礼（普雷斯利），至少裤裆中那团东西没人家的那么大。

料子是原子丝"的确良"，拍起照片来亮晶晶的，会反射光，下半身像外星人。

原先裤裆外有四颗纽扣，后来改为拉链。我刚穿时不习惯，小解后大力一拉，夹住了几根毛，或者顶尖上的一小块皮，痛得涕泪直流，大喊妈妈。

跟着讲究叠纹。老古董裤子一共有四条叠纹，叠纹是向内折的。新一点的款向外折，而且已经改为两条叠纹。最流行的还是学美军制服的，一条叠纹都不用。右边的裤耳下有个小袋子，已经不是用来装袋表，学会交女朋友之后，袋中可装另外一个橡皮袋，真是实用。

皮带渐渐地消失，用的人很少，但裤子照样有五个裤耳，不穿皮带时露在外面，一点用处也没有。裤扣多出一条长布条，穿皮带时盖住，也一点用处也没有。

裤脚是向上折的，经常有沙石掉到里面去，有时不见了一个五分硬币，也偶然在折叠处找得回来。人们嫌麻烦，裁缝师大刀一剪，裤脚平了。以为追得上时代，哪知古董时装杂志上早就有平裤脚出现过。

喇叭裤是二十世纪七十年代的宠物，裤脚越来越阔。但是名牌货给某些人糟蹋掉，穿上之后觉得太长，喇叭裤子的裤脚被剪，变成不喇叭。

裤脚变本加厉地加阔，阔到能遮盖住鞋子，配合上四厘米的高跟鞋，矮子们有福了，可惜这款裤子只流行了一两年，又被打回原形。

最不跟时代改变的只有牛仔裤。大家都穿牛仔裤，穿到现在还是乐此不疲。但是牛仔裤不是人人穿得，要有一点点屁股才行，梁家辉穿起来好看，其他平屁股的男人穿了就不像样。

牛仔裤最好配皮靴，像占士甸穿的那种，帅得不得了。试想穿上普通皮鞋或运动鞋，跷起脚来露出一截白袜子，是多么煞风景的事。

你一条我一条的牛仔裤，大家都一样，就成了制服。人们求变，在牛仔裤上绣起花来，又钉上亮晶晶的贴片，或者贴上一块黄颜色的圆皮，画上一幅笑嘻嘻的漫画。有些人更把裤脚撕成线，走起路有两团东西在跳草裙舞。

这一时期，香港人钱赚得最多。全球有约百分之六十的牛仔裤都是made in Hong Kong的。

法国人、意大利人看得眼红。生意都被你们这班细眼睛的黄种人抢光，那还得了！他们绞尽脑汁，结果他们想通了，利用雅皮士爱名牌的心理，他们生产了皮尔·卡丹牛仔裤、仙奴牛仔裤、迪奥牛仔裤。

香港怎么办？也没什么大不了，名牌货还不是照样在香港大量生产！而且香港人照样做名牌，赚个满钵。

时装的变迁永远是循环，可笑的。

有一阵子又流行回有四条向内折叠的折纹裤子了，正当群众花大笔钱去买名牌时，你大可以到国货公司去找旧货，保管老土创时髦，而且价钱只有十分之一的。

今天的时装已越来越大胆了，你没看到报纸和杂志上经常刊登露出乳房的设计吗？

女人暴露过后，男人跟着暴露，也许有这么一天，男人流行回穿开裆裤。这也好，女人一目了然地审定对方的条件，不必太花时间。

在这一天还没有来临之前,男人的裤子一定会流行拿破仑式的窄裤子,大家都像舞台上的芭蕾舞演员一样。

这时候,女性垫肩的潮流刚刚结束,大家都把那两块树胶肩垫丢在地上,男人偷偷地把它们捡起来,塞在大腿之间,要不然,谁敢上街?

领带的基础知识

西装配的领带，和袖口的三粒纽扣一样，一点用处也没有。

领带不可以当餐巾擦嘴，只绑住颈项，唯一实际的用途是人被八婆们拖着走罢了。

选择、购买、配色的过程，倒是乐趣无穷的。

西装已被全世界接受为男士的基本服装，领带是必需品。买了一套西装，选一条领带的观念，已经落伍。看中了领带，再衬西装才对。

走进领带商店，里面有数百条，甚至数千条领带，让人看得眼花缭乱，但是应该挑选的是第一次进入你眼中的那一条，要让你慢慢地考虑的，还是不买为佳，购入后也不会喜欢的。

穿净色的西装，适合配一条色彩缤纷的领带；反之，有条纹的外套，就衬单调的领带，这是第一个原则。

什么领带才是最好的领带？

第一，一制数千条，同样花款的领带，绝对要避免；第二，质地不能太差。

上等领带并不一定是名牌货，但是与其买条便宜的，不如投资在贵一点的。高价领带多数用人工挑线，绑了又绑，一挂起来还是笔挺，和新的一样，能用十多年。

便宜领带用了一次，皱褶迟迟不退，用过数次，已经像条隔夜油炸鬼，到后来，丢掉的领带加起来的钱，比一条好领带还贵。

名牌领带有它的好处，Mila Schön（米拉·舍恩）的质量最高，尤其是它的双面领带，用上一生一世，永不旧废。旅行的时候，带上两三条，便可以当六条来用，但是价钱也要双倍之多。可能是太过耐用，近来已经不常见，同厂出品的领带，特色是它的边，不管多花哩花碌①，边总是净色的，这个构思由双面领带创造，双面领带因不能折叠，所以只有用暗线内缝，有条隐藏着的边。有边的米拉·舍恩领带，价钱比一般的贵，但质地水平降落，已不堪使用了。

登喜路的西装值得穿，可是它出产的领带设计保守不算，

---

① 粤语词，意为花花绿绿、俗气。

料子也用得太厚，不是上品。浪凡也有同样的毛病，花样倒是活泼了许多。其他名牌如香奈儿、YSL（圣罗兰）、Nina Ricci（莲娜丽姿）、Celine（思琳）等，偶有佳作，平均来看皆水平不高。

最鲜艳、最醒目的是Leonard（伦纳德）领带，它有一系列的花卉设计，带点东方色彩，给人留下一个深刻的印象，价格不菲，但是这种领带只能结一次，第二次就有似曾相识的感觉，料子多好，也没有用了。

也有人喜欢结领花而不爱打领带，但是领花总带给人一种轻浮、好大喜功的感觉。有位出版界的朋友就一直打领花，而且是用领夹的那种，我看得极不舒服。

领花只适合在穿"踢死兔"晚礼服时打，但是不宜太小，领花一小，人就显得小里小气。

领带针曾经流行过一阵子，现在已经很少有人用这种小装饰，偶尔用之还是新鲜，但是横横地来一条金属领带夹，就俗气得很。高贵的有种珍珠针，扣在后面，领带前两颗简简单单的珍珠，蛮好看的。

和西装的领子一样，领带的大小最好不要跟流行，关刀一般的领子和领带，一下子就消失了，细得像条绳子的也只在二十世纪六十年代出现过一阵子。适中的领带，会永远存在下去，只要有西装在的一天。

男人的品位，从一条领带便能看出，当然这不是价钱问题，非名牌的领带，质地好的也很多。基本上，不要太过和西装撞色就是了，没什么大道理，但连这种小节也不注意，穿牛仔裤去好了，别装蒜。要提防戴大青大绿领带的男人，这种人不仅俗气，还很阴险。

买领带也不全是男人的专利，女人买领带送男人，也是种学问。通常看男友喜欢穿什么颜色的西装，就买条颜色相近的送给他好了。要是他喜欢你，即使领带皱得像条咸鱼他也照打，不然米拉·舍恩看起来也是讨厌的。

最高境界是当年上海的舞女，她们会叫火山孝子为她们做旗袍，冤大头以为旗袍算得了几个钱，一口答应。哪知一看账单，即刻晕掉，原来她们做的旗袍虽然只是普通的黑色绸缎，但一做就是同样三件的早、中、晚穿，绣的是一朵玫瑰，早上花还含苞，中午略露花朵，到了晚上的那件，鲜花怒放。

男人正要抗议，舞女说还有件小礼物送给你，打开小包裹一看，原来是三条同样是黑色绸缎的领带，绣着早、中、晚三款相同的玫瑰，用来陪着她上街结的。火山孝子服服帖帖地把钱照付，完全地投降。

挑选领带还有一个定律，那就是夏天要轻薄、活泼的，冬天不妨厚一点，沉着一点，棉质和毛织的都能派上用场。一反此定律，不但不美观，还热个半死。

厚料子的领带，不宜打繁复的Windsor结（温莎结）。温莎结要三穿一缚才能打成，一打温莎结，结部便像个小笼包，只能打简便的美国结。话说回来，温莎结打起来是个真正的三角形，实在好看，但是现在的人，已经没有多少会打了。

当然，穿惯牛仔裤的，连美国结也不会打的人也不少，只有求助于旁人。也有人只会替别人打领带，自己不会打。这种人，多数在殡仪馆工作。

如何用合理的价格买到合适的西装？

从前名牌西装一万多块就买一套，在二〇一五年已涨到四五万了。

为什么要买这些店的，而不在附近找裁缝做？道理很简单，人家的高科技机器，把领子熨平了，怎么弄都不会皱，我们的脱了下来拿在手上，一下子就变成油炸鬼了，所以西装这回事，不得省也。

年轻人买不起，不要紧，当今很多牌子卖得都便宜，像M&S（Marks & Spencer，玛莎百货）、Zara（飒拉）、UNIQLO（优衣库）等都卖西装，他们也有熨领子的机器，买一件khaki（卡其布）料的，简简单单，穿起来也够体面，不一定要跑到欧洲名牌店去找。

有了多余的钱，就去投资一套好西装吧。二〇一五年流行的都是窄衣窄裤，有些裤脚还要短得露一大截袜子，这些西装再过一年半载，看起来就十分滑稽，而你的投资就泡汤了。

做长线投资的话，一年夏天买一套薄的，冬天一套厚的，加起来，十年你就有二十套，二十年就有四十套西装可以不断地更换，你的衣柜已是个宝藏。

不会被嘲笑过时吗？我可以保证，中庸的西装，至少可以穿个二十年。不是大关刀领，也非太窄的裤子，那种两粒至三粒纽扣的西装，我亲眼看到是这二十年，甚至三十年来穿到欧洲去还是被尊重的。

上衣不会改变太多，裤子的流行变化才大。当今只要买多几条裤管没那么宽大的，就不会落伍。

料子才是应该注重的，对方要是识货之人，一眼看出，自己穿在身上更增加自信，春天买marine blue mirco-nailhead，夏天买cream pupioni silk，秋天买Oxford gray sharkskin，冬天买Cambridge gray worsted flannel，或者简单一点，天热时来件又薄又轻的没有里子的麻质浅色的，天冷时来件小茄士咩深色的，已够应付[①]。

西装还有一种四季皆宜的丝质料，通常是卖得最贵的，穿这

---

① 句子中的marine blue mirco-nailhead、cream pupioni silk、Oxford gray sharkskin、Cambridge gray worsted flannel均为布料名。

种料子的人须夏天有冷气，冬天在有暖气的室内，出外有车子接送，不必穿太薄或太厚的西装。

求变化时第一件要买的就是blazer（夹克）了，它可以穿得隆重，也能轻松，适合出席户外活动，颜色只限黑色或深蓝，特点在铜纽扣，多为三排六粒，上两粒是装饰，右边的两粒实用，纽扣代表了西装的牌子，也有深蓝的纽扣，像带着一个D的Dunhill（登喜路）夹克就是一个例子。

如果有需要的话，要多一件"踢死兔"好了，会穿衣服的人不太用这个名词，都叫"晚餐装"，要穿的话别太马虎，得要来一整套：丝领的上装，左右带丝条纹的裤子，结领花的恤衫，黑纽子，配袖纽、丝质束腰带和光溜的皮鞋。背心穿不穿随你，但上述的基本搭配缺一不可。人一生之中买个一两套，当玩的好了，穿不穿不要紧。

穿西装的最大忌讳是袖子多数太长，不露出半英寸的恤衫袖口；颈背不合身，肿起了一圈，更是不可饶恕的。当今要找到好裁缝，只有去伦敦的Savile Row（萨维尔街），那里做的西装售价在十几二十万港币一件很普通，有没有这种必要看你自己的要求。你要明确地知道自己要一件什么样子的，看现成的。

一般来说，去名牌店看见有什么你喜欢的样子，就叫店里的裁缝替你改好了，店里都有这种服务。

值得推荐的是意大利的诺悠翩雅，他们以名贵料子见称，可以选择的多不胜数。更特别一点的，冬天有他们独家的骆马料，夏天有莲茎抽丝料。他们的手工更是一流的，什么身形都能做到最好。

其他西装店有Armani（阿玛尼），十多年前在一部电视剧集中被捧红后，这家店的西装变成美国人最爱穿的西装，但在我看来，这家店的西装已经一件不如一件，变成一块死牌子。

Hugo Boss（雨果博斯）在美国大花广告费，也为人所知了。但爱好时装的意大利人和英国人都把这家德国品牌店当成笑话，尤其是它的名字叫"Boss"，不俗也变俗了。

稳重的是Brioni（布里奥尼）和杰尼亚。这两家店的料子和剪裁一向是最好的，定做当然更无问题。如果想拥有一套四季皆宜的西装，最好在这两家店选料后请他们的裁缝做，不太会过时。

想穿得潇洒、飘逸，又不入老套，也不跟时髦的话，那么圣罗兰是首选。他们的西装外面漂亮，连里子也进行了特别设计，脱下后翻折在臂弯，也相当有派头。可惜此厂只注意女性产品，男人的西装每季只设计十几套，选择很少。

爱马仕和路易威登也出男人西装，样子看起来永恒，但都有少许的变化，每年如此，每季如此，懂的人都看得出是不是去年的货，除非你跟得很紧，又不在乎每套西装只穿一季，否则还是别买。

男人如何选择香水？

男人一搽香水，便留给人一种"娘娘腔"的感觉，所以他们永远不会承认，只是说："啊，那是洗发水的味道。"

大家都洗头，为什么都没他那么香，男人又说："啊，那是须后水的味道。"

还是德国人老实，早在一七九二年，他们便自认搽香水，发明了古龙水，最出名的是"4711"。"4711"只有一股清香，并不像女人香水那么浓郁，坏在即使洒上大半瓶，味道也一下子便消失，搽了等于没搽。

随着社会的繁荣，以及女人香水市场的饱和，商人拼命向雄性动物打主意，开发了庞大的男人古龙水生意，每年的销量都是个天文数字。

今天，男人的脸皮越来越厚，也不介意别人怎么说他，一味大搽古龙水。而且男人不断地要求把香味加浓，本来一瓶古龙水有百分之三的香精，后已加到百分之十。

味道最强烈，也最受欧美人士欢迎的应该是Aramis（雅男士）。有一次我在飞机上遇到一个穿西装的黑人，他搽的是只有百分之十香精的雅男士，怎么样也抵不过他身体发出的百分之百的狐臭，这种混合了的毒气比任何污厕的还要强烈一万倍。

女人身上便闻不到狐臭，因为她们有香水。男人至今还没机会搽上正式的香水，在男士古龙水中从前没有强调"最贵"，如女人的Joy（香水名），真是可怜。

当然还是有很多人讨厌男人搽古龙水，但是如果你经验过内地名胜中的"人群汗臭"，你会宁愿男人都搽香水。

好了，现在我们男人开始买古龙水吧。挑选哪一种最好呢？

世界上有成千上万的古龙水牌子，但香味系统都逃不过香味四大家族：Citrus（橘子型香气），含有柠檬、柑、橙花等混合的味道；Chypre（素心兰型），其实和素心兰花无关，是含有橘子香、橡苔等混合的味道；Fougere（馥奇香型），只是个读音译名，含有薰衣草、橡苔及藿香等混合的味道；Oriental（东方香型），含有香草、琥珀等混合的味道。

在欧美卖得最多的二十种名牌之中，素心兰型占得最多，有八个牌子：雅男士公司旗下的雅男士，Halston（候司顿）公司旗下的Halston Z-14[①]，雨果博斯旗下的Hugo，圣罗兰的Jazz，迪奥的Fahrenheit，Estee Lauder（雅诗兰黛）的New West，Ralph Lauren（拉夫劳伦）的Safari for Men，以及Calvin Klein（卡尔文·克莱因）的Escape for Men。

第二位是馥奇家族，有六种，Rabanne（拉巴纳）的Daco Rabanne，拉夫劳伦的Polo，Loris Azzaro（罗瑞斯·阿莎露）的Azzaro for Men，Guy Laroche（姬龙雪）的Drakkar Noir，大卫杜夫的Cool Water，卡尔文·克莱因出品的Eternity For Men。

第三位是橘子香家族：迪奥生产的Eau Sauvage，阿玛尼的Armani for Men，Lacoste（法国鳄鱼）的Lacoste。第四位是东方香型家族：香奈儿的Egoiste，卡尔文·克莱因的Obsession for Men，最后是Paloma Picasso（帕洛玛·毕加索）的Minotaure。

美国文化传统不敌欧洲，美国人对香味的要求并不考究，而且是广告之宣传力量下的产品，所以首先可以把美国厂的古龙水

---

① 文中的Halston Z-14、Hugo、Jazz、Fahrenheit、New West、Safari for Men、Escape for Men、Daco Rabanne、Polo、Azzaro for Men、Drakkar Noir、Cool Water、Eternity for Men、Eau Sauvage、Armani for Men、Lacoste、Egoiste、Obsession for Men、Minotaure 均为香水名。

由上述的名单上删除。

德国时装公司的西装，永不及法国的设计和意大利的手工，所生产的香水好极有限，也可以不用考虑。瑞士的大卫杜夫的雪茄和白兰地皆有水平，副产品古龙水不会差到哪里去。

毕加索的女儿设计的Swatch手表被抬举得价钱甚高，但在国际服装和化妆品上还未奠定她的地位，所出的古龙水是好是坏，你也应该知道。

拉巴纳虽然历史不久，但是其古龙水却有一股不腻的幽香。

运动型的男子，较适合Polo吧，传统一点的用Fahrenheit不错。爱"罗曼蒂克"气氛的，可用Jazz。至于高尚的男士，多骄傲，用衬名字的Egoiste（自恋狂）好了。

除了人造的香味之外，男人本身是否真正有男人味呢？当然有啦，我们身上发出的味道，就是男人味，这是最原始时用来挑拨起女人的性欲的，哪怕是汗味或者狐臭。各花入各眼，我们的臭味，对于喜欢我们的女人，都变得难忘。也许，有一天我们被外星人抓去，拼命地抽出我们的狐臭，就像人类采取鲸鱼的精子和麝香当香剂一样。

说正经的，狐臭太过怪异，有一种叫Byly的西班牙药膏，可以让狐臭发酵成酒精，蒸发掉，很有效用，可惜最近已不进口。总之，男人只要多洗澡，便有一股自然的香味。

至于真正的男人味,是抽象的。

男人在思考的时候、在做决定的时候、在创作的时候、在发命令的时候,都有男人味。对身边人起不了作用的男人,就算浸在一缸古龙水中,闻起来,味道像杀虫水的居多。

关于衬衫的知识

《底裤大王的案子》一文发表后,一位读者写信到《壹周刊》指责,原文照录:

蔡澜先生的文章,内容有更正的需要,否则对贵刊声誉有损。

一、海岛棉绝对比埃及棉好。

二、"什么叫支?"每一磅棉纱,长度840码[①],称为一支纱。20支纱即一磅棉,有20×840码长,不是每一平方英尺之中用多少条棉线织出来的才叫支。

三、埃及棉纱要纺到200的不可能,只有sea-island cotton

---

① 英美制长度单位。1码合0.9144米。

（海岛棉）可以纺到200支纱。

蔡澜先生不是纺织专家，道听途说可以错，但书刊为香港出名的周刊，不可以错，希望能于下期出版中更正。

编辑先生将这封信转来，那些专门的学名看得我一头雾水，当然，我对这位读者表示感谢，也替编辑感到冤枉。为了学习更多这方面的知识，我想起面痴友人认识Ascot Chang（诗阁）的老板张宗琪，我也曾经在他的店做过恤衫，就安排了一个约会。

张宗琪先生着一身西装，我第一件事是看他的恤衫领子，非常挺直，领带位中，略带弯曲，非常漂亮。

"海岛棉比埃及棉好吗？"我劈头一句。

"唔，"张先生点头，"至少海岛棉用人手采摘，不用下落叶剂。为了大量生产，很多木棉产区都用这种化学药品，方便采集。"

"上次你店里替我做的那一件，是不是海岛棉的二十支？"我已不管什么叫支，总之愈多支愈好。

"十五支而已，已很像丝织的了。"张先生说。

天气炎热，餐厅中的冷气不够，张先生解开西装纽扣，我发现他恤衫的口袋旁边缝了另一个长方形的小袋，不注意的话是看不见的。

"用来装手机的。"张先生解释。

"真方便,下回我做的恤衫也一定来一个。手机放在这种固定的地方,铃声一响,就不必乱翻和尚袋中的杂物才找得出来。"我说。

"这就是定做恤衫的好处。"张先生说,"不只是做到合身罢了。"

"是不是可以在口袋上加一条带子,来插蓝牙听筒?"面痴友人建议。

"不如把带子藏在口袋里面,这么一来恤衫不会被拉皱,别人也看不到。"张先生说。

我也认为有道理:"现在的名牌恤衫已经卖到几千港币一件,买回来后也不一定穿得满意。你们那里做一件要多少钱?"

"至少便宜一半。"张先生说,"但也不是全为了价钱问题,有些布料的质地选不到自己喜欢的,或者尺码卖光了,才是头痛。"

"如果在你的店里也找不到中意的颜色,在外国旅行时看到,买了下来请你们做,行不行?"

"没有问题。收人工费而已。"

"男人的恤衫,一件要多少码才够?"

"六十英尺宽的,买一点八码就有余,胖子除外。"

"恤衫是不是英国裁缝做得最好？"

"在英国，人工太贵，已经没有师傅做恤衫了，好的在意大利或瑞士做，像英国名牌Thomas Mason（托马斯·梅森）也是意大利的手工。一般便宜的恤衫，都在罗马尼亚生产。"

"那我宁愿在香港做了。"我说。

"如果你不要求标新立异的设计，又想穿得最舒服的话，还是在香港做合算，又有水平。外国名牌的料子也很少用到二十支的布料。"

"但是领子做得贴身呀！"我反驳。

"你可以拿一件来当样板，我们照你的意思去做。许多客人都是用这个办法，我们要是达不到你的要求，免费改到你满意为止。从此之后，你住在世界上任何地方，打个电话或发个电邮，就能送到。我们用FedEx（美国联邦快递），一个星期寄两次货，我们的客人有七成以上是熟客。"

"一共开了多少家店铺？"我问。

"九家，上海的生意不错，最好的在纽约，第五十七街和第五街之间的那家。"

"你是怎么入行的？"

"命运安排。"张先生说，"我爸爸张子斌从上海来，一九五三年在香港开第一家店，他替客人接单时，我当学徒去度身,自然而然,一年又一年,做到现在。"

"你会不会让子女也做这一行呢?"

"一代传一代的传统已经消失了。现在公司一大,也很少由自己人来管理。子女们做父母传下来的事业,感到又老土又羞耻。我的看法不同,我认为下一代人多多少少在小时候接触过上一代的生意,都会发生兴趣,做也无妨。主要是看当父母的,值不值得子女尊敬。"张先生说。

"我赞同你的观点。"

张先生唏嘘:"但是,能够把上一代的事业发扬光大的,毕竟不多。"